EX LIBRIS

Aus der Bibliothek von:

Die drei !!!

Die drei !!!

Mira Sol

Die drei !!!

Wildpferd in Gefahr

Kosmos

Umschlagillustration von Ina Biber, Gilching
Umschlaggestaltung von Friedhelm Steinen-Broo, eSTUDIO CALAMAR

Weitere Bände dieser Reihe siehe S. 142

FSC
www.fsc.org
MIX
Papier aus verantwortungsvollen Quellen
FSC® C014496

Gedruckt auf chlorfrei gebleichtem Papier

ISBN 978-3-440-14491-6

Redaktion: Natalie Friedrich
Produktion: DOPPELPUNKT, Stuttgart
Printed in Germany/Imprimé en Allemagne

Die drei !!!

Wildpferd in Gefahr

Riesenwurm im Todeskampf

»Komm schon!«, raunte Franzi und kniete sich ins Gras. Sie ließ den roten Schnürsenkel, den sie aus ihrem Turnschuh gezogen hatte, knapp über dem Boden hin und her schlenkern. »Polly! Pack ihn!«

Das Zwerghuhn mit dem schwarz-golden gesprenkelten Gefieder blinzelte aufgeregt und fing an, nach der Schnur zu picken. Nach einigen Versuchen erwischte es ein Ende und zog aus Leibeskräften daran. Plötzlich erklang lautes Wiehern von der Koppel. Franzi reckte den Hals und sah rüber. Sie grinste. Ihr Pony Tinka galoppierte ausgelassen mit seinem neuen Lieblingsspielzeug herum, einem riesengroßen schwarz-weiß gefleckten Ball. Immer wieder stieß ihn die zierliche Rappstute mit den Vorderhufen an und stürmte dem wegrollenden Ungetüm begeistert hinterher. Im nächsten Moment prallte der Ball nach einem besonders festen Tritt vom Koppelzaun ab und flog in hohem Bogen über Tinka hinweg. Das Pony hob den Kopf und schnaubte laut, als wolle es sich darüber beschweren, dass sich sein Spielzeug plötzlich in Luft aufgelöst hatte.

»Hinter dir«, rief Franzi und lachte. »Du musst dich umdrehen – he!«

Sie war nur ein paar Sekunden abgelenkt gewesen. Aber diese kurze Zeit hatte Polly gereicht, um mit einem kräftigen Ruck das Schuhband endgültig an sich zu bringen. Gackernd flüchtete sie mit ihrer Beute über den Hof. Für ein hinkendes Huhn war Polly erstaunlich schnell.

Franzi sprang auf, schüttelte den rechten, lose am Fuß sitzenden Schuh ab und humpelte ihrem Huhn hinterher. »Gib mir sofort meinen Schnürsenkel wieder her!«

Polly schlug blitzschnell einen Haken und bog in den schmalen Weg zum Vorgarten ein. Auf der geraden Strecke steigerte sie das Tempo. Das Schuhband schlenkerte rechts und links von ihrem Schnabel herum wie ein zuckender Riesenwurm im Todeskampf.

»Was machst du denn da?«, ertönte plötzlich die Stimme von Franzis Schwester Chrissie. Sie hatte ihren Kopf aus dem Küchenfenster des kleinen Bauernhauses gestreckt.

Franzi blieb stehen und warf Chrissie einen genervten Blick zu.

»Ist das der neue Contest im Schnellhinken?« Chrissie pustete sich eine rote Haarlocke aus der Stirn und grinste. »Dann ist Polly eindeutig Sieger.«

»Blödmann!«

»Wenn schon: Blöd*frau*!« Chrissie streckte Franzi die Zunge raus und zog ihren Kopf blitzschnell vom Fenster zurück.

In diesem Moment schlug Polly kräftig mit den Flügeln, flatterte ein paar Meter weiter und verschwand hinter dem Haus. Sie hinterließ eine kleine Staubwolke und drei schillernde Federn, die langsam zu Boden sanken. Franzi sah auf ihre Armbanduhr und zuckte mit den Schultern. Mit ihrer Schwester würde sie heute Abend abrechnen. Und auch ihren Schnürsenkel würde sie sich später wiederholen. Polly ließ ihre Beute bestimmt bald in irgendeiner Ecke ihres Stalls fallen, wenn sie merkte, dass sie sich von alleine gar nicht bewegte. Jetzt musste Franzi erstmal die Sachen für das Picknick holen. Ihre

Freundinnen und Detektivkolleginnen Kim und Marie würden schon in einer Viertelstunde da sein! Franzi zog auch den linken Schuh aus und lief barfüßig zum Pferdeschuppen. Das alte Gebäude mit seinen wettergegerbten Holzplanken und dem Moos auf den Dachziegeln wirkte von außen völlig unscheinbar. In seinem Inneren jedoch verbarg sich das Hauptquartier der drei Detektivinnen. Es gab eine gemütliche Sitzecke mit Tisch und Stühlen für ihre Besprechungen, Regale und einen Rollcontainer, in dem wichtige Utensilien für die Ermittlungsarbeit untergebracht waren. Im hinteren Teil des Raums befand sich eine alte Pferdekutsche. Sie war mit unzähligen bunten Ausrufezeichen bemalt – passend zum Namen ihres Detektivclubs *Die drei !!!*. Wenn das Verdeck der Kutsche runtergeklappt war, konnten die drei Mädchen im Inneren besonders geheime Sachen besprechen, ohne dass sie jemand belauschte. Heute jedoch, an diesem heißen Sommertag, würden die drei !!! garantiert keine Besprechung im Pferdeschuppen abhalten, schon gar nicht in der Kutsche! Dafür war es viel zu heiß und stickig. Franzi hatte stattdessen beschlossen, Marie und Kim zu einem kleinen Picknick auf Tinkas Koppel im Schatten der großen Birken einzuladen.

Franzi schnappte sich eine Decke aus dem Regal und seufzte. Leider gab es momentan auch gar nichts, was die drei Detektivinnen zu besprechen hatten. Den letzten aufregenden Fall hatten sie vor mehr als vier Wochen gelöst und alle Details dazu waren geklärt worden. Danach war nichts mehr passiert. Scheinbar hatten sich alle Verbrecher vorzeitig in den Sommerurlaub verabschiedet. Aber vielleicht hatten Marie und Kim ja spannende Neuigkeiten!

Franzi lief zum Bauernhaus und beeilte sich, Geschirr und Besteck aus der Küche zusammenzutragen und auf ein Tablett zu stellen. Sie nahm die Schüssel mit dem Kokos-Eis aus dem Gefrierschrank und ließ sie vorsichtig in die Kühltasche gleiten. Dazu kamen drei Flaschen Eistee und eine große Flasche Wasser. Dann füllte Franzi eine Schale mit Schokokeksen, die ihre Mutter heute Morgen frisch gebacken hatte. Frau Winkler hatte vor einiger Zeit einen Kuchenservice eröffnet, der sich schnell erfolgreich entwickelt hatte. Oft stand Franzis Mutter schon vor sechs Uhr morgens in der kleinen Backstube, die sie sich neben der Küche eingerichtet hatte, und rührte den Teig für die Kuchen an, die ihre Kunden bei ihr bestellt hatten. Sie bekam so viele Aufträge, dass sie jetzt sogar nach einer Aushilfe suchen musste.
Franzi klemmte sich die Decke unter den Arm, nahm die Kühltasche in die Hand und balancierte das Tablett mit den Picknick-Utensilien durch den Flur zur Haustür. Nachdem sie alle Sachen zu den Birken auf der Koppel geschafft hatte, musste sie sich erst mal ein paar Schweißtropfen von der Stirn wischen. Tinka ließ ihren Fußball liegen und kam angetrabt.
»Na, Süße!«, begrüßte Franzi sie. »Teilst du heute mal für ein paar Stunden deine Koppel mit uns?«
Das Pony spitzte die Ohren und sah Franzi erwartungsvoll aus seinen goldbraunen Augen an. Franzi lächelte. »Du kriegst auch was Gutes!« Sie zog ein Pferdeleckerli aus der Hosentasche und hielt es Tinka auf der flachen Hand hin.
Während die Rappstute genüsslich kaute, faltete Franzi dic Picknickdecke auseinander. Mit hocherhobenen Armen

schüttelte sie sie aus. Gerade wollte sie die Decke auf der Wiese ausbreiten, da spürte sie auf der anderen Seite einen Widerstand. Erstaunt sah Franzi über den Rand der Decke hinweg. Ihr Pony stand ganz nah vor ihr und drückte seinen Kopf gegen die Decke. »Ach, du erinnerst dich«, flüsterte Franzi. Vorsichtig legte sie das eine Ende der Decke über Tinkas Kopf und das andere über sich selbst. Dann umarmte sie Tinka in der Dunkelheit und Geborgenheit der Decke. Die Stute blieb ganz ruhig und schnaufte Franzi zufrieden ins Gesicht. »He, das kitzelt«, flüsterte Franzi. Sie drückte Tinka einen Kuss auf die Stirn. »Du bist das beste Pony auf der ganzen Welt!«

Ein verhaltenes Kichern holte Franzi in die Wirklichkeit zurück. Sie schlug die Decke zurück und blinzelte gegen die Sonne. Kim und Marie lehnten am Koppelzaun und grinsten. »Was gibt das denn jetzt?«, rief Marie. Sie kletterte auf den Holzzaun und ließ die Beine baumeln. »Probt ihr den verhüllten Mörder-Mönch für Halloween?«

Franzi reagierte nicht auf die Stichelei ihrer Freundin. Sie zog vorsichtig die Decke von Tinkas Kopf und strich ihr über den Hals. »Gut gemacht!«

Das Pony schnaubte, blinzelte und stupste Franzi gegen den Arm. Dann begann es zu grasen.

»So ein Quatsch!«, rief Franzi jetzt zu Marie hinüber. Sie breitete die Decke auf dem Boden aus. »Das ist eine Vertrauensübung, die ich regelmäßig mit Tinka mache!«

»Aha«, machte Marie. Sie sprang vom Zaun und lief zu Franzi rüber. Tinka hob kurz den Kopf, entschied sich dann aber, ihre Aufmerksamkeit weiter dem Gras zu widmen.

»Bei dieser Hitze mit einem Gaul unter einer Decke stecken – das muss wahre Liebe sein«, stellte Marie grinsend fest.
»He!«, rief Franzi und boxte ihr gegen die Schulter. »Du hast echt keine Ahnung!«
Kim nickte. »Respekt: Normalerweise, bekommen Pferde Angst, wenn man ihnen etwas über den Kopf legt.«
Franzi nickte heftig. »Genau! Tinka und ich haben dafür sehr lange trainiert!«
Marie hob die Hände. »Schon gut, war doch nur Spaß!« Sie ließ sich auf die Decke fallen und pustete sich eine lange goldblonde Haarsträhne aus dem Gesicht. »Vielen Dank jedenfalls, dass du uns zum Picknick eingeladen hast!«
»Ja!«, stimmte ihr Kim zu. Sie half Franzi, die Sachen aus der Kühltasche zu holen und auf der Decke zu verteilen. »Tolle Idee, bei dem Wetter eine Outdoor-Besprechung abzuhalten!«
Franzi befüllte zwei Schälchen mit Eis und reichte sie Kim und Marie. »Und?«, fragte sie hoffnungsvoll. »Gibt es irgendwelche Neuigkeiten? Habt ihr etwas von einem Verbrechen …«
»Michi hat die Zusage fürs Studium bekommen«, platzte Kim heraus. Sie setzte sich im Schneidersitz auf die Decke und starrte auf ihr Eisschälchen.
»Wie bitte?« Franzi und Marie blieb der Mund offen stehen. Für einige Sekunden herrschte absolute Stille. Kim nahm einen Löffel Eis. »Kokos, superlecker!«
Franzi lächelte unsicher. »Hab ich gestern selbst gemacht. Mit einem Extraschuss Sahne drin!« Sie räusperte sich. »Aber wenn Michi den Studienplatz hat, heißt das ja …«

»Dass er von hier wegzieht.« Kim nickte langsam. »Ja. Und zwar schon im September.« Sie biss ein Stück von ihrem Schokokeks ab, kaute langsam und schluckte. »Er sucht schon ein Zimmer.«

»Das geht jetzt aber alles ganz schön schnell«, stellte Marie fest und sah Kim nachdenklich an.

Kim nickte. »Stimmt. Ich glaube, ich hab's immer noch nicht richtig verstanden.« Sie setzte sich aufrecht hin und balancierte das Eisschälchen auf einem Knie. »Ich freue mich wirklich riesig für Michi! Das Studium ist sein absoluter Traum. Und jetzt ist er für ihn in Erfüllung gegangen.« Kim zuckte mit den Schultern. Das Schälchen rutschte von ihrem Knie, aber sie konnte es im letzten Moment auffangen, bevor der Inhalt auf die Picknickdecke kleckerte. Tapfer lächelnd sah sie ihre Freundinnen an. »Michi und ich werden eine Fernbeziehung führen und uns an den Wochenenden und in den Ferien sehen. Wir schaffen das!«

Marie nickte. »Auf jeden Fall! Ihr beide seid jetzt schon so lange zusammen, da können ein paar Kilometer nichts ausmachen!«

Franzi legte Kim einen Arm um die Schulter. »Das denke ich auch!«

Kim lächelte ihre Freundinnen an. »Aber wenn ich es zwischendrin vor lauter Sehnsucht nicht mehr aushalte, tröstet ihr beiden mich, ja?«

»Versprochen!«, riefen Franzi und Marie wie aus einem Mund.

Die drei Mädchen klatschten sich ab und Franzi holte den Pfirsichtee aus der Kühltasche. Kim trank einen großen

Schluck aus ihrer Flasche. »Und wie läuft es so bei euch?«, wollte sie wissen.
»Super!« Franzi zog den Gummi an einem ihrer kurzen roten Zöpfe fest. »Mir geht's richtig gut! Als Single fühle ich mich viel freier und leichter.«
Marie lächelte. »Dann bist du über die Trennung von Felipe also endgültig hinweg?«
»Ja, absolut!« Franzi leckte ihren Löffel ab. »Ich genieße mein Leben jetzt total! Es ist super, wenn man machen kann, was man will, ohne dass der eifersüchtige Freund über alles genau Bescheid wissen will.«
»Aber nicht alle Jungs sind wie dein Exfreund Felipe«, gab Marie zu bedenken.
Franzi zuckte mit den Schultern. »Da hast du wahrscheinlich recht.« Sie dachte an die Szenen, die ihr Felipe gemacht hatte, wenn sie sich mal mit ihren Kumpeln Benni und Leonhard zum Skaten getroffen hatte oder mit Blake schwimmen gegangen war, und schüttelte den Kopf. »Trotzdem: Ich bin momentan glücklich darüber, dass jetzt alles so ist, wie es ist.«
»Das klingt doch gut«, stellte Marie lächelnd fest. Sie pflückte ein Pferdehaar von der Decke und ließ es ins Gras fallen.
Einen kurzen Augenblick hatte Franzi das Gefühl, dass ein Schatten über das Gesicht ihrer Freundin huschte. »Ist bei dir alles klar? Ich meine, ist mit Holger …«
Marie nickte sofort. »Ja, absolut! Holger ist der süßeste Junge der Welt. Es ist nur …« Marie machte eine Pause und verdrehte die Augen. Dann fuhr sie fort: »Papa hat nicht erlaubt, dass ich bei Holgers Familie wohne.«
Franzi und Kim machten große Augen. »Du willst mit Hol-

ger zusammenziehen?«, platzte Kim schließlich heraus. »Ich meine, klar, ihr seid schon eine Ewigkeit zusammen. Aber trotzdem …« Sie räusperte sich. »Ist das nicht ein bisschen früh?«

Marie fing an zu lachen. »Doch nicht auf Dauer! Ich wollte nur für die eine Woche bei seiner Familie wohnen, in der Tessa und Papa auf ihrer Hochzeitsreise sind.«

»Ach so!« Kim schüttelte den Kopf. »Wo ist denn dann das Problem?«

»Das habe ich auch gefragt!« Marie warf ihre Haare in den Rücken. »Papa meint, dass Holgers Mutter mit ihrem Job und mit ihm und seinen kleinen Geschwistern schon genug zu tun hätte. Er will nicht, dass ich eine zusätzliche Belastung für sie bin.«

Franzi nickte. »Außerdem ist das Haus, in dem sie wohnen, ja auch ganz schön klein.«

»Das ist doch völlig egal!« Marie verzog den Mund. »Ich kann auch mal eine Zeit lang ohne eigenes Bad, Sauna oder großes Wohnzimmer leben! Hauptsache, ich bin mit Holger zusammen.«

Franzi dachte an Maries riesiges Zimmer mit dem angeschlossenen eigenen Marmorbad in der großen Villa, die ihre Familie bewohnte, und grinste. »Da wäre ich mir nicht so sicher.« Als sie Maries vorwurfsvollen Blick bemerkte, beeilte sie sich fortzufahren: »Wenn du diese eine Woche unbedingt mit Holger zusammen sein möchtest, dann kann er doch zu dir in die Villa ziehen?«

»Das erlaubt Oma Agnes aber nicht, weil sie meint, dass ihr vier Kinder zu viel sind!« Marie schlug mit der Hand auf die

Decke. »Papa und Tessa haben beschlossen, dass Tessas Mutter zu uns kommt und sich um Lina, Finn und mich kümmert.« Sie verdrehte die Augen. »Dabei ist Natascha doch da!«

Natascha war das russische Au-pair-Mädchen, das Maries Vater eingestellt hatte, damit es sich um Maries kleinen Halbbruder Finn kümmern konnte, nachdem Tessa ihren Job als Kamerafrau wieder aufgenommen hatte.

»Kann sie gut kochen?«, fragte Kim unvermittelt.

»Natascha?«, fragte Marie. »Geht so. Warum willst du das wissen?«

»Ich meinte deine Oma Agnes.« Kim grinste. »Meine Oma kocht jedenfalls immer tolle Sachen, wenn sie mal da ist oder meine Brüder und ich sie besuchen. Und wir dürfen bei ihr immer viel länger aufbleiben.«

Franzi nickte heftig. »Wie bei meiner Oma Lotti!«

Marie schüttelte den Kopf. »Das läuft bei meiner Stiefoma leider nicht so. Sie schwört auf vegetarisches Essen. Grünkernbratlinge mit Sauerampfersalat und solche Sachen.« Marie schüttelte sich. »Außerdem meint sie, dass alle Menschen unter achtzehn Jahren abends um sieben Uhr im Bett sein müssen.«

Kim machte große Augen. »Das klingt nicht gut.«

»Allerdings! Ich muss mir unbedingt etwas einfallen lassen. Eine ganze Woche lang halte ich das nicht aus!« Marie verschränkte die Arme vor der Brust. »Es ist total ungerecht! Tessa und Papa amüsieren sich beim Fliegenfischen in Irland, und Lina, Finn und mich lassen sie mit einer Gesundheitsfanatikerin zurück!«

Kim grinste. »Jetzt übertreibst du!«
Marie seufzte.
»Hallo, die Damen!«, ertönte plötzlich eine tiefe Stimme. Franzi fuhr herum. Sie hatte gar nicht bemerkt, dass ihr Vater zur Koppel gekommen war. Er lehnte am Zaun, lächelte freundlich in die Runde und hielt ein paar Turnschuhe in die Höhe. »Franzi, sind das deine?«
»Ja!«, rief Franzi. Sie sprang auf und lief zu ihrem Vater. »Danke!«
Franzi nahm die Schuhe an sich.
»Du solltest deine Sachen nicht überall herumliegen lassen.« Herr Winkler zog die Augenbrauen hoch. »Und ein Schnürsenkel fehlt auch noch.«
Franzi nickte. »Ja, den hat Polly.« Sie spürte die fragenden Blicke von drei Augenpaaren auf sich und räusperte sich. »Erklär ich dir am besten später«, sagte sie leise.
Herr Winkler schmunzelte. »Ach so. Jetzt verstehe ich! Dieses Mal war Polly wohl schneller als du!«
Franzi grinste. »Volltreffer.«
Kim und Marie sahen jetzt vollkommen verständnislos drein.
Franzi winkte ab. »Ist nicht so wichtig.« Dann sah sie ihren Vater an. »Bist du echt nur gekommen, um mir meine Schuhe hinterherzutragen?«
»Nein.« Herr Winkler lachte. »Natürlich nicht. Ich wollte dich etwas fragen!«

Entführt!

»Wenn du extra dafür hier vorbeikommst, muss es ja etwas Wichtiges sein!«, stellte Franzi fest. Sie sah ihren Vater gespannt an.
»Ich habe eben mit der Leiterin des Wildpferdereservats im Dreibachtal telefoniert ...«, begann Herr Winkler.
»Du meinst das *Takhi-Tal*?«, platzte Franzi dazwischen. Ihr Herz begann sofort schneller zu schlagen. »Da ist letzten Monat ein neues Fohlen geboren worden! Das erste, das nicht im Zoo, sondern in fast freier Wildbahn zur Welt gekommen ist!«
Herr Winkler lächelte. »Ich merke, du bist informiert! Genau, es geht um das Semireservat Takhi-Tal. Ich werde dort für drei Wochen einen Kollegen vertreten, der sich normalerweise um die Przewalskipferde kümmert.«
»Das ist ja toll!«, rief Franzi. »Dann kann ich mal mit dir dort hingehen!«
Herr Winkler nickte. »Genau daran hatte ich gedacht. Ich werde übrigens für meine Vertretungszeit ein Zimmer auf einem Gutshof in der Nähe des Reservats beziehen. Die Leitung des Przewalski-Projekts hat dort auch ihre Büroräume. Der Weg ins Dreibachtal ist zum täglichen Pendeln einfach zu lang.«
»Wann fährst du denn?«, wollte Franzi wissen.
Herr Winkler klopfte Tinka, die zu ihm an den Koppelzaun gekommen war, den Hals. »Nächsten Freitag, gleich zu Beginn der Sommerferien.« Das Pony schnaubte und stupste

Herrn Winkler an der Schulter an. »Der Gutshof *Rosenthal* veranstaltet mit dem Wildpferdeprojekt zusammen ein paar Sommer-Aktionstage. Zum Auftakt gibt es am Samstag ein großes mongolisches Reiterfest für Kinder und Jugendliche mit Übernachtung. Wenn du Lust hast, nehme ich dich und Tinka am Wochenende mit. Dann kannst du mit ihr an den Wettbewerben teilnehmen und anschließend ein paar Tage bleiben. Auf dem Hof ist nur noch eine Box frei; die könnte ich jetzt gleich für Tinka reservieren.«

»Das wäre toll!«, rief Franzi. »Wir haben schon lange nicht mehr bei Reiterspielen mitgemacht. Und außerdem kann ich mir endlich die Przewalski-Herde ansehen!« Sie sah verzückt in die Runde. »Echte Takhis und ein Takhi-*Fohlen* – ist das nicht der Hammer!?«

Marie lächelte schief. »Echt toll! Super!« Sie sah Franzi fragend an. »Ich habe, ehrlich gesagt, keine Ahnung, was Pschdingsdapferde oder, äh, *Tapire* sind. Noch nie gehört!«

Franzi grinste. »Nicht *Tapire. Takhis*! Das bedeutet ›heilig‹. So haben die Nomaden in der Wüste Gobi die kleinen Wildpferde genannt, die dort überall herumliefen.« Franzi wurde ernst. »Das ›heilig‹ hat den Pferden allerdings wenig genützt – sie wurden trotzdem gejagt und ihr Futter wurde immer knapper, weil die Menschen die Grassteppe für andere Tiere zum Weiden benutzt haben. Deswegen sind die Takhis vom Aussterben bedroht. Es gibt nur noch ein paar hundert, die frei in der Mongolei leben. Deswegen werden sie weltweit in Zoos und Reservaten gezüchtet und später ausgewildert.«

Herr Winkler nickte. »Den unaussprechlichen Namen *Prze-*

walski haben sie übrigens nach ihrem Entdecker erhalten. Das war ein russischer Forscher. Er hat herausgefunden, dass die Takhis die Vorfahren aller Pferde sind. Es sind *Urwildpferde*.«

Franzi wuschelte ihrem Pony durch die Mähne. »Ohne Takhis keine Tinka!«

Herr Winkler lächelte. »So kann man es auch sagen.« Er sah auf seine Armbanduhr. »Ich muss jetzt aber dringend wieder los. Meine neue Praxishelferin kommt gleich. Sie bringt ihren unterschriebenen Arbeitsvertrag netterweise persönlich vorbei.«

»Dann hast du endlich jemanden gefunden!«, rief Franzi. »Das ist ja toll!«

Herr Winkler nickte. »Es hat ja auch lange genug gedauert. Ich bin sehr froh, dass ich endlich wieder eine Entlastung bekomme.«

Früher hatte Franzis Mutter öfter in der Tierarztpraxis geholfen. Aber dann hatte ihr Kuchenservice so zu boomen begonnen, dass sie keine Zeit mehr hatte, ihrem Mann zu helfen.

»Am liebsten würde ich ja weiter mit deiner Mutter zusammenarbeiten.« Herr Winkler grinste. »Aber ihr sind Kuchen und Plätzchen eben lieber als Kaninchen und Papageien. Da kann man nichts machen!«

Franzi klopfte ihrem Vater auf die Schulter. »Du wirst das schon überleben. Immerhin gibt es jetzt täglich leckeren Kuchen bei uns!«

»Da hast du auch wieder recht!«, sagte Herr Winkler und gab Franzi einen Kuss auf die Wange. »Also, bis später!« Er wink-

te Kim und Marie zu. »Tschüss, ihr beiden, bis bald mal wieder!«
Nachdem sich Kim und Marie von Franzis Vater verabschiedet hatten, setzten sich die drei Mädchen nebeneinander auf den Koppelzaun und sahen Tinka beim Grasen zu. Franzi fühlte sich rundum wohl. In Gedanken war sie bereits im Takhi-Tal bei den Wildpferden, ritt mit Tinka beim Hindernisreiten mit und galoppierte durch die unendlichen Weiten des Dreibachtals.
Marie räusperte sich. »Toll, dass dein Vater dich mitnimmt.«
»Oh ja!«, sagte Franzi. »Ich kann es kaum abwarten. Es ist zwar noch eine ganze Woche Schule, aber mit so einer Aussicht schaffe ich das locker.«
Marie nickte und schwieg. Jetzt fiel Franzi auf, dass auch Kim merkwürdig still geworden war. Die beiden sahen verdrossen vor sich hin. Mit einem Schlag wurde Franzi klar, dass ihre Freundinnen leider keine so schönen Aussichten hatten wie sie: Marie würde eine Woche lang um sieben ins Bett gehen und massenweise Sauerampfer essen müssen, und Kim würde Michi vermissen, der in einer fremden Stadt auf Zimmersuche war. Franzi biss sich auf die Lippen. Dann schnippte sie mit dem Finger. »Mädels, ich habe eine Idee!«

Geheimes Tagebuch von Kim Jülich
Donnerstag, 21:00 Uhr
Hallo, du! Was steht da ganz oben?! Geheimes Tagebuch. Genau.
Dieses Tagebuch ist geheim!!! GEHEIM GEHEIM GEHEIM!!!

Warum liest du dann weiter, du elender Spion?!
Hallo?! Immer noch da?
OK. Ich gebe auf. Mach doch, was du willst.

Ich bin so sauer! Michi ist schon letzten Freitag weggefahren. Gerade mal einen Tag nachdem er mir gesagt hat, dass er den Studienplatz bekommen hat. Wir konnten uns gar nicht richtig verabschieden! Er musste ganz schnell in die neue Stadt, weil ihm dort ein Zimmer in einer WG angeboten wurde und er sich dort sofort vorstellen wollte. Seit er weg ist, hat er sich erst ein Mal gemeldet. Und dabei hat er mir nur erzählt, dass das scheinbar tolle Zimmerangebot doch nicht so toll war und er nun länger bleibt, weil er weitersuchen muss. Ich habe bis heute so gehofft, dass er mich fragt, ob ich nachkommen und ihm beim Suchen helfen will! Die Ferien fangen morgen an und ich hätte alle Zeit der Welt für ihn. Aber auf die Idee ist er nicht gekommen. Klar hätte auch ich ihn fragen können. Aber irgendwie habe ich ja auch meinen Stolz. Wie wird das erst, wenn Michi mit seinem Studium angefangen hat?! Wie oft werden wir uns überhaupt noch sehen?! Ich will gar nicht daran denken, wie alles wird.

Und dann ist es auch noch bei uns zu Hause gerade etwas schwierig. Mein Vater ist total schlecht gelaunt, weil sein Kuckucksuhren-Geschäft doch nicht so gut läuft, wie er erwartet hat. Gestern hat ein Kunde einen Auftrag über zehn große Uhren in letzter Minute zurückgezogen. Papa war so begeistert von diesem Großauftrag – und jetzt ist er natürlich enttäuscht. Und genervt, weil er sich neue Kunden suchen muss. Ich hoffe sehr, dass er bald Leute findet, die seine Uhren kaufen, und seine schlechte Laune bald verflogen ist!

Zum Glück habe ich eine Ablenkung: Franzi hat Marie und mich gefragt, ob wir mit ihr ein paar Tage auf einem Reiterhof im Dreibachtal verbringen wollen. Das ist total nett von ihr! Der Hof veranstaltet ein paar Sommer-Aktionstage rund um Reiten und Pferde, und am Samstag findet zum Auftakt ein mongolisches Reiterfest statt. In der Nähe des Hofs liegt das Takhi-Tal, ein Reservat, in dem Urwildpferde leben und auf die Auswilderung in der Mongolei vorbereitet werden. Das wollen wir uns ansehen. Ich war vorhin auf der Homepage vom Takhi-Tal. Die Sache ist echt spannend. Die Pferde laufen frei auf einem riesigen umzäunten Gelände herum, das früher mal ein Truppenübungsplatz war. Sie sind alle in Zoos geboren und haben dort längere Zeit gelebt. Jetzt sollen sie lernen, sich ihr Futter alleine zu suchen und auch ansonsten ohne Menschen auszukommen. Wenn sie das können, werden sie wieder in die Mongolei gebracht, woher die Urpferde ursprünglich stammen. Wenn alles klappt, gibt es dort in ein paar Jahrzehnten dann wieder richtig viele Wildpferde. Momentan sind es weltweit nur noch um die 2000! Ich habe mir vorgenommen, Fotos zu machen und mit ein paar Leuten von dem Projekt zu sprechen. Vielleicht kann ich daraus irgendwann mal eine Reportage für die Schülerzeitung machen.

Morgen Vormittag geht es los. Wir fahren mit Franzis Papa zum Gutshof Rosenthal. Er ist dort für drei Wochen einquartiert, weil er die Urlaubsvertretung für den Tierarzt übernommen hat, der sich um die Urwildpferde kümmert.

Ich bin echt froh, dass ich mich dazu entschieden habe, mit Franzi und Marie mitzukommen. Als Franzi uns gefragt hat, habe ich erst mal gezögert. Pferde sind ja nicht ganz so mein

Ding (außerdem war da ja noch die Sache mit Michi …). Marie ist Franzi aber sofort um den Hals gefallen und hat »Ja!« gerufen. Ich glaube, ehrlich gesagt, dass auch ihr die Pferde nicht so wichtig sind. Sie wäre wahrscheinlich auch auf eine Krokodilsfarm, Reisplantage oder Ölplattform mitgekommen, bloß um ihrer strengen und gesundheitsbewussten Stief-Oma zu entkommen. Die reist nämlich nächste Woche an, um auf die Kinder in der Grevenbroich-Villa aufzupassen, während Helmut und Tessa auf Hochzeitsreise sind.
Ab morgen sind wir also auf Gut Rosenthal. Marie freut sich schon darauf, auf einem schicken Gutshof zu wohnen und von netten Pferdeknechten in der Kutsche durch die Gegend gefahren zu werden ;-).
Und ich freue mich darauf, einfach rauszukommen und mich ablenken zu lassen!!! Schon morgen Nachmittag kommt ein Przewalski-Hengst, der in einem Reservat in der Schweiz gelebt hat, im Takhi-Tal an. Die Pferde werden nämlich immer wieder zwischen den verschiedenen Reservaten ausgetauscht, damit sie sich vermehren und es viele neue Fohlen gibt. Herr Winkler hat uns versprochen, dass wir dabei sein dürfen, wenn das Wildpferd im Reservat freigelassen wird. Das wird bestimmt spannend!

Hast du wirklich geglaubt, ich gebe so schnell auf?! Während du meinen absolut geheimen Tagebucheintrag gelesen hast, hat mein Laptop Fotos von dir geschossen und an mein Handy geschickt. Harharhar. Ich werde dich suchen. Ich werde dich finden. Und meine Rache wird fürchterlich sein!!!

Detektivtagebuch von Kim Jülich
Donnerstag, 23:03 Uhr
Der Detektivclub macht Pause und eine Woche (Reiter!-)Ferien!!!
Morgen um 9:30 Uhr geht es los!

Franzi sah auf die Uhr. Es war schon zehn nach zehn. Sie waren viel zu spät dran! So langsam musste sie endlich mal fertig werden. Sie streichelte Tinka, die nervös hin und her tänzelte, beruhigend am Hals und führte sie ein Stück vom Pferdeanhänger weg. »Ganz ruhig!«, flüsterte sie. Sie fuhr sich durch die Haare. Es war echt zum Verzweifeln. Kim und Marie waren schon vor einer Stunde von ihren Eltern gebracht worden, das Gepäck war im Auto verstaut, der Pferdehänger angekoppelt. Alle warteten nur noch auf eins: dass ein kleines schwarzes Pony endlich in diesen Hänger trat, die Klappe hinter ihm geschlossen wurde und die Fahrt losgehen konnte! Aber Tinka hatte ihren eigenen Kopf. Diesen Hänger kannte sie nicht. Und für Dinge, die sie nicht kannte, musste man ihr eben Zeit geben, um sie kennenzulernen. Franzi seufzte. Das hätte ihr Vater eigentlich wissen müssen. Aus irgendeinem Grund jedoch hatte er vergessen, ihr rechtzeitig zu sagen, dass er den alten Pferdeanhänger verkauft und einen neuen besorgt hatte. Der sah wirklich sehr gut aus und war im Inneren um einiges komfortabler als der alte Hänger. Das aber konnte Tinka nicht wissen, sie ging ja nicht hinein. Franzis Vater war schon zum Telefonieren ins Haus geeilt. Er versuchte den Bauern zu erreichen, dem er den alten Hänger verkauft hatte, um ihn für die Reise ins Dreibachtal auszuleihen.

»Probier es doch mal mit eurem Deckentrick«, schlug Marie vor. Sie saß mit Kim zusammen auf der Treppe zum Eingang des Bauernhauses und beobachtete nun seit fast einer halben Stunde Franzis vergebliches Bemühen. »Wenn du mit ihr zusammen da druntersteckst, geht sie bestimmt mit.«
Franzi schüttelte den Kopf. »Sie ist gerade viel zu ängstlich. Wenn sie jetzt nichts sehen kann, dreht sie mir durch.«
Tinka begann an ein paar Grashalmen am Wegrand zu zupfen. Franzi zog die Augenbraue hoch. »Jetzt tu nicht so, als wäre nichts!« Sie deutete mit dem Ende des Führstricks zum Anhänger. »Wir versuchen das gleich noch mal. Du hast doch schon ausgiebig alles beschnuppert und besehen. Na, komm, wir gehen da jetzt rein!« Franzi lief langsam los. Tinka folgte ihr. Einen halben Meter vor der Rampe nahm sie sofort wieder abwehrend den Kopf hoch. In dem Moment erklang leises Gackern und Polly kam von der Koppel hergeflattert. Franzi fiel siedend heiß ein, dass sie das Huhn vor ihrer Abfahrt noch in den Stall bringen musste. Polly landete beim Hänger und hinkte zielstrebig zur Rampe. Sie pickte ein paar Mal darauf herum und humpelte dann neugierig ins Innere des Transporters. Tinka senkte den Kopf und sah zu Polly hinüber. Dann setzte sie sich in Bewegung. Der Führstrick glitt Franzi aus der Hand. Sie schrak kurz zusammen und wollte ihn wieder aufnehmen. Dann aber sah sie, dass Tinka ganz entspannt Polly folgte. Das Huhn flatterte auf eine der Seitenstreben hoch und begann sich in aller Ruhe das Gefieder zu putzen. Tinka schnaubte, spitzte die Ohren – und trabte völlig selbstverständlich in den Hänger hinein. Franzi blieb der Mund offen stehen.

Marie und Kim klatschten. Franzi schloss schnell die Ladeklappe und tätschelte Tinkas Hinterteil. »Prima, das wäre geschafft.« Polly gackerte laut und Tinka machte sich zufrieden über das Heu her, das Franzi aufgehängt hatte.
Marie sprang auf. »Ich sage deinem Vater Bescheid.« Sie verschwand im Haus.
»Und was ist mit Polly?«, fragte Kim.
Franzi zuckte mit den Schultern. »Wenn ich jetzt versuche, sie da rauszuholen, ist garantiert wieder der Teufel los. Ich glaube, wir nehmen sie am besten einfach mit.«

Während das Auto samt Hänger schließlich mit einer Stunde Verspätung zur Ausfahrt rollte, schüttelte Herr Winkler lächelnd den Kopf. »Polly ist ja eine echte Pferdeflüsterin!« Er bog in die Ausfallstraße ein und gab Gas. »Ich bin froh, dass die Sache so gelöst wurde. Auch wenn wir jetzt ein Huhn mehr im Gepäck haben.« Herr Winkler grinste in den Rückspiegel. »Aber Polly nimmt ja nicht viel Platz weg. Zum Glück hast du ihren Impfpass gleich gefunden, dann gibt es wohl kein Problem, sie auf dem Reiterhof einzuquartieren.«
Franzi nickte. »Glaube ich auch. Sie kann bestimmt bei Tinka in der Box wohnen.«
Die Fahrt ins Dreibachtal verging wie im Flug. Franzi hatte das Gefühl, gerade erst ins Auto eingestiegen zu sein, als das Ausfahrtschild Richtung Billershausen auftauchte, dem Dorf, das kurz vor dem Dreibachtal lag. Franzi kannte die Gegend gut. Ihre Oma, die leider schon tot war, hatte hier gelebt und Franzi hatte sie oft besucht. Kim und Marie waren häufig dabei gewesen.

»Da ist ja Billershausen!«, rief Marie prompt. Sie deutete zum Fenster hinaus. »Dahinten bei den Feldern muss Oma Lottis altes Haus sein!«
Herr Winkler nickte und winkte kurz in die Richtung. »Einen Gruß in die alte Heimat!« Er lächelte. »Ich freue mich drauf, dass ich drei Wochen ganz in der Nähe sein werde.«
Zwanzig Minuten später hatten sie den Gutshof Rosenthal erreicht. Er bestand aus einem großen Gebäudekomplex mit Haupt- und Nebenhaus und zahlreichen weiteren Wirtschaftsgebäuden. Alles war aus rotem Sandstein erbaut und die Dächer trugen glänzende rote Ziegel. Üppig belaubte Weinranken bedeckten einen Großteil der Mauern. Die Vorbereitungen zu den Aktionstagen und dem Reiterfest liefen auf Hochtouren. Überall eilten Helfer umher, die Girlanden und Lampions befestigten, kleine Festzelte aufbauten, Bierbänke transportierten und Plakate aufhängten. Marie pfiff durch die Zähne. »Das ist ja ein Riesending hier!«
Herr Winkler nickte. Er steuerte das Auto mit dem Hänger im Schritttempo über den gekiesten Weg, der von der Hofeinfahrt schnurgerade über das Gelände führte. »Allerdings! Momentan ist natürlich besonders viel los. Aber auch sonst wohnen und arbeiten hier, neben dem Besitzer Tom Rosenthal, über dreißig Mitarbeiter des Guts. Plus die Leiterin und ihre Angestellten vom Takhi-Tal.« Nach ein paar Metern bog Herr Winkler in einen Seitenweg ab. Sie gelangten auf einen kleinen Parkplatz hinter dem Hauptgebäude, auf dem mehrere Pkw und Pferdehänger standen. Herr Winkler parkte das Auto und wandte sich zu den drei !!!. »Ich gehe schnell rein und melde uns an. Wartet am besten solange hier!«

Franzi nickte. »Alles klar!« Sie stieg aus, während ihr Vater die Treppen zum Haupthaus hinauflief, und sah sich um. »Dahinten sind die Reithalle und die Ställe!«, rief sie begeistert. Ihr Herz begann schneller zu schlagen. »Das sind Paddockboxen! Und es gibt sogar einen Offenstall mit Zugang zur Weide. Wahnsinn!« Franzi lief zum Hänger und sah hinein. Tinka und Polly hatten die Fahrt gut überstanden. Das Pony zupfte genüsslich am Heunetz und das Huhn hatte es sich auf einem kleinen Strohhaufen in der Ecke gemütlich gemacht. »Bald kommt ihr beiden hier raus!«, sagte Franzi.
Marie und Kim waren ebenfalls ausgestiegen und sahen sich um. Marie kramte in ihrem Matchbeutel und zog einen kleinen Spiegel und ihren Eyeliner hervor. Konzentriert begann sie, ihren Lidstrich nachzuziehen. Franzi wollte gerade eine spöttische Bemerkung darüber machen, da stieß Marie einen Schrei aus. Sie starrte in den Taschenspiegel, wirbelte herum und rannte los.
»Was ist denn los?«, rief Franzi verwirrt hinterher.
»Kommt schnell!«, schrie Marie über die Schulter. »Ich glaube, da wird jemand entführt. In einem Pferdehänger!«

Frauenpower

Kim und Franzi rannten zu Marie, die bereits das Ende des Parkplatzes erreicht hatte. Hier gab es eine Ausfahrt, die direkt auf die Umgehungsstraße führte. Franzi sah einen weißen Kombi mit Anhänger, der langsam auf diese Hofausfahrt zurollte. Der Pferdehänger hatte ein kleines vergittertes Fenster auf der Rückseite. Zwischen den Streben flatterte etwas. Ein Stück Stoff. Es war eine Jeansjacke, die jemand aus dem Inneren des Transporters heraus schwenkte! Jetzt kam noch ein Arm zum Vorschein, der wild winkte. Dazu waren Laute zu hören, die wie Hilfeschreie klangen! Der linke Blinker am Hänger leuchtete auf, das Fahrzeug stoppte an der Ausfahrt nur kurz und wurde dann zügig auf die Straße gelenkt. Der Arm zog sich zurück und eine Hand klammerte sich an einer der Fensterstangen fest. Franzi meinte ein Gesicht zu erkennen, das von langem schwarzem Haar umrahmt war.

»Da ist eine Frau im Pferdehänger«, sagte Kim aufgeregt. Sie zog ihr Handy hervor. »Und bestimmt nicht freiwillig! Ich rufe die Polizei.«

Marie nickte. »Ich habe das Kennzeichen notiert.« Sie hielt Kim ihren Unterarm hin, auf den mit blauem Eyeliner Buchstaben und Ziffern gekrakelt waren.

»Du bist super!« Während Kim das Handy an ihr Ohr presste, versuchte sie die verschmierte Schrift zu entziffern.

Franzi biss sich auf die Lippe. Es würde doch viel zu lange dauern, bis die Polizei da war. Bis dahin konnte der Kombi mit dem Entführungsopfer Kilometer entfernt sein! »Ich hole Hilfe!«, rief Franzi und rannte zurück zum Parkplatz. Sie würde ihrem Vater Bescheid sagen und dann konnten sie die Entführer mit dem Auto verfolgen!

Franzi wich einem kleinen hellblauen Jeep aus, der schwungvoll in den Parkplatz einbog. An der Seitentür war eine Aufschrift in einem runden Logo angebracht. ›Urwildpferde im Takhi-Tal‹, las Franzi. Das Auto hielt mit quietschenden Reifen. »Bist du wahnsinnig?«, erklang eine aufgeregte Stimme. »Du kannst hier doch nicht einfach über den Parkplatz rennen! Ich hätte dich beinahe überfahren!« Die Frau hinter dem Steuer fuhr sich durch die kurzen blonden Haare und schüttelte den Kopf. Dann sah sie Franzi ernst an. Eine steile Falte erschien auf ihrer Stirn. »Was ist los? Du siehst völlig aufgelöst aus! Ist etwas passiert?«

Franzi nickte. »Hier ist gerade jemand entführt worden! In einem Pferdetransporter!«

»Wie bitte?« Die blonde Frau sah Franzi ungläubig an.

Franzi nickte hektisch. »Bitte glauben Sie mir! Meine Freundin hat schon die Polizei informiert, aber bis die da ist, sollte jemand dem Auto folgen!«

Die Frau zögerte, dann aber sagte sie: »Okay. Steig ein!«

Franzi sprang auf den Beifahrersitz und zog die Tür zu. Sie deutete zur hinteren Ausfahrt. »Dort stehen meine Freundinnen, Kim und Marie, sie können uns sagen, in welche Richtung die Entführer gefahren sind.«

Die Frau hielt kurz an und Kim und Marie kletterten auf den Rücksitz. »Es ist ein weißer Kombi. Er ist links abgebogen, Richtung Autobahn!«, rief Marie.

Die Frau gab Gas. Hinter einer lang gezogenen Kurve kam

das Gespann tatsächlich in Sicht. »Da sind sie!«, rief Franzi. »Wir haben sie gleich.«
»Die Jacke hängt immer noch aus dem Fenster heraus!«, stellte Marie fest.
Die blonde Frau kniff die Augen zusammen und murmelte: »Da befindet sich tatsächlich jemand im Hänger, ich sehe einen Arm!« Sie beschleunigte. »Ich verstehe das nicht. Das ist der Transporter der Familie Schubart. Marliese und Klaus wollten heute mit ihren beiden Pferden in den Urlaub fahren.« Sie betätigte die Lichthupe, aber das Gespann vor ihnen reagierte nicht.
»Jetzt bremst er!«, rief Kim Sekunden später.
Das Gespann wurde tatsächlich immer langsamer, der Blinker wurde gesetzt und schließlich rollte es am rechten Seitenstreifen aus. Jetzt sah Franzi, dass die Straße vor ihnen durch zwei Polizeibeamte auf Motorrädern blockiert wurde. Einer der Männer winkte mit einer roten Kelle.
»Die waren wirklich schnell da!«, stellte Kim beeindruckt fest.
Sie beobachteten, wie ein älteres Ehepaar aus dem Auto vor ihnen ausstieg und die Polizisten verdattert ansah. Franzi sprang aus dem Jeep und lief nach vorne. Die anderen folgten ihr schnell.
Aus dem Hänger drang eine verärgerte Stimme: »Hallo? Lässt mich hier endlich mal jemand raus?!« Im Fenster war ein blasses Gesicht zu sehen.
»Evi, bist du das?«, rief die blonde Frau, mit der sie gefahren waren.
»Doc Vic?«, fragte die Person aus dem Hänger heraus. »Bist du es?«

»Ja!«
»Wie gut, dass du mich gesehen hast!«
Franzi sah die blonde Frau an. *Doc Vic.* Was war das denn für ein Name?
In der Zwischenzeit waren die Polizisten zusammen mit dem Ehepaar Schubart ebenfalls nach hinten gekommen. Die Klappe des Hängers wurde geöffnet und eine zierliche junge Frau, die zwischen zwei Islandpferden eingekeilt war, stolperte nach draußen. Die Tiere zupften ungerührt an ihrem Heuballen weiter.
»Danke! Das war ziemlich ungemütlich!«, sagte die Frau und strich sich die Haare glatt. »Klaus, Marliese! Wie konntet ihr mich denn einfach da drin vergessen?!«
Der grauhaarige Mann sah völlig verwirrt drein. »Evi! Ich dachte, du wärst durch die vordere Tür wieder hinausgegangen, nachdem du Thor und Odin in den Hänger geführt hast.«
Evi schüttelte den Kopf. »Die Tür ging aber nicht auf!« Sie zupfte sich einen Strohhalm aus dem Haar. »Ich hab wie verrückt gegen den Hänger geklopft, aber ihr habt mich nicht gehört und seid einfach losgefahren. Bin ich froh, dass Doc Vic aufgepasst und euch gestoppt hat!«
Einer der Polizeibeamten räusperte sich. »Damit wäre die ›Entführung‹ wohl aufgeklärt.«
»Allerdings.« Jetzt lächelte Evi schon wieder. Sie strich sich einen weiteren Strohhalm von ihrer Bluse. »Danke, Vic! Thor ist mir schon drei Mal hammermäßig auf den Fuß getreten. Viel länger hätte ich hier zwischen den beiden Dicken nicht stecken wollen.«

Die blonde Frau schüttelte den Kopf. »Das hast du diesen drei Mädchen hier zu verdanken. Sie haben dich im Hänger bemerkt und die Polizei und mich verständigt.«
Evi sah die drei !!! an. »Echt? Dann vielen Dank an euch!«
Die Polizisten nickten. »Sehr gut gemacht, Mädchen!«, sagte der eine. »Ihr habt bei eurem Notruf sogar das Kennzeichen des Wagens durchgegeben, alle Achtung! Es kommt selten vor, dass Menschen so aufmerksam sind!«
Die drei !!! strahlten um die Wette. Sie klatschten sich ab und Marie zwinkerte ihren Freundinnen zu. »So schnell haben wir, glaube ich, noch nie einen Fall gelöst!«
Gut gelaunt stiegen sie zwanzig Minuten später zusammen mit Doc Vic und Evi auf dem Hof aus dem Jeep aus. Während der Fahrt hatten sie sich gegenseitig vorgestellt und erfahren, dass sie soeben die Bekanntschaft der Leiterin des Takhi-Tals, Dr. Gloria Victoria von Stolz, und ihrer Assistentin Evi Haller gemacht hatten. Lächelnd hatte die blonde Frau erklärt, dass ihr ihr voller Name noch nie gefallen hatte. Sie bestand darauf, von allen einfach *Doc Vic* genannt zu werden. Franzi fand die beiden Frauen sehr sympathisch. Besonders Doc Vic war total cool. Sie lebte seit drei Jahren mit ihrem zehnjährigen Sohn Paul und zwölf Mitarbeitern auf dem Gutshof Rosenthal und kümmerte sich um das Takhi-Tal. Davor hatte sie als Goldschmiedin im Juweliergeschäft ihres Vaters gearbeitet, aber schnell gemerkt, dass sie ihre Liebe zu den Pferden zum Beruf machen musste. Deshalb hatte sie Tiermedizin studiert und sich danach erfolgreich um den Posten als Leiterin des Wildpferde-Forschungsprojekts beworben.

Franzis Vater stand mit einem kleinen, drahtigen Mann in cremefarbenen Reithosen vor dem Haupthaus und gestikulierte aufgeregt. Schlagartig wurde Franzi ernst. »Ich habe Papa völlig vergessen! Hoffentlich hat er sich keine Sorgen gemacht.«

Wie auf Kommando rief Herr Winkler quer über den Hof: »Wo, um Himmels willen, wart ihr?« Er fuhr sich durchs Haar. »Herr Rosenthal und ich haben euch auf dem ganzen Hof gesucht!«

Doc Vic stellte sich und ihre Assistentin vor, und Evi erzählte sofort von ihrer ›Rettung‹ durch die drei Mädchen.

Herr Winkler seufzte. »Typisch – die drei Detektivinnen halten eben immer ihre Augen offen.«

»*Detektivinnen*?« Doc Vic sah die drei Mädchen neugierig an. »Das klingt ja spannend!«

Marie nickte. »Wir betreiben schon seit langer Zeit ein erfolgreiches Detektivunternehmen. Wir haben bereits über fünfzig Fälle gelöst!« Sie zog das silberne Kästchen aus der Tasche, in dem sie die Visitenkarten aufbewahrte, und überreichte Doc Vic eine der Karten. »Hier, das sind wir – *Die drei !!!*.«

Doc Vic las und pfiff durch die Zähne. »Das nenne ich Frauenpower. Respekt!«
Franzi wurde plötzlich nervös. »Ich sollte Tinka und Polly endlich mal aus dem Hänger holen.«
»Sie sind mit zwei Pferden gekommen?« Doc Vic sah Herrn Winkler überrascht an. »Da muss ich etwas missverstanden haben – ich habe nur eine Box reserviert.«
Franzi grinste. »Nein, nein. Tinka ist das Pony. Und Polly ist, äh, mein Huhn. Es wäre schön, wenn es bei Tinka in der Box wohnen könnte.«
Doc Vic und Herr Rosenthal blinzelten sich kurz verwirrt an. Dann lächelte Herr Rosenthal. »Klar, kein Problem. Das kriegen wir hin. Komm, ich zeige dir den Stall.«
Eine halbe Stunde später stieß Franzi wieder zu ihren Freundinnen, die mit Herrn Winkler und Doc Vic an einem der Tische im Speisesaal des Haupthauses saßen. Eine große Schüssel mit dampfenden Spaghetti und ein Topf mit duftender Tomatensoße standen vor ihnen. Franzi setzte sich und goss sich ein Glas Wasser ein. »Tinka und Polly fühlen sich total wohl in ihrer Paddockbox! Sie haben hier wirklich tolle Ställe!«, sagte Franzi und lächelte Doc Vic an. »Alles ist so sauber, gut durchlüftet und groß.«
Die blonde Frau nickte. »Du hast noch nicht die Koppeln gesehen, die sind riesig! Der Gutsbesitzer, Tom Rosenthal, legt größten Wert auf eine artgerechte Haltung der Pferde. Er hat sich mit diesem Gut hier einen Lebenstraum erfüllt. Dafür hat er sich vorzeitig aus seinem Job als Jockey zurückgezogen – obwohl er sehr gut im Geschäft gewesen ist.«
Franzi häufte sich eine Portion Nudeln auf den Teller und

schöpfte eine Kelle Tomatensoße darüber. »Ich glaube, ich gehe gleich nach dem Essen mit Tinka ins Gelände.«
Kim sah sie erstaunt an. »Willst du nicht dabei sein, wenn der neue Przewalski-Hengst ankommt?«
Franzi tippte sich an die Stirn. »Stimmt! Das hatte ich schon ganz vergessen. Klar bin ich dabei!« Sie nahm eine Gabel Spaghetti und nuschelte: »Müssen wir uns beeilen?«
Doc Vic winkte ab. Sie tupfte sich mit der Serviette einen Tomatenfleck vom Kinn. »Keine Hektik! Mein Mitarbeiter Serge hat mich vorhin angerufen, sie werden sich etwas verspäten.« Die blonde Frau schmunzelte. »Paul, mein Sohn, ist heute Morgen spontan mitgefahren. Er ist totaler Tiernarr und hat den Transporter extra noch mal auf seine Sicherheit überprüft, bevor das Pferd eingeladen wurde. Deshalb hat es etwas länger gedauert. Sie werden in etwa einer Stunde da sein.«
Herr Winkler legte das Besteck auf seinem Teller ab. »Frau von Stolz, ich würde meine Sachen gerne auf mein Zimmer bringen, bevor wir zum Reservat fahren. Ist das möglich?«
»Natürlich!« Doc Vic nickte. »Es tut mir leid, dass ich nicht gleich daran gedacht habe! Die aufregende Verfolgungsfahrt vorhin hat mich wohl doch ziemlich aus dem Konzept gebracht.« Sie legte ihre Serviette auf dem Tisch ab und schmunzelte. »Ich bin übrigens Vic – oder auch Doc Vic, so nennen mich hier alle.« Sie streckte die Hand aus.
Herr Winkler lächelte und schüttelte die dargebotene Hand. »Angenehm, Doc Vic. Ich bin Karl.«
Nachdem alle ihren Nachtisch gegessen hatten, holte sich Doc Vic von Tom Rosenthal einen Schlüssel. Sie reichte ihn

Franzis Vater und sagte: »Dein Zimmer ist hier im Haupthaus, im ersten Stock. Es ist das letzte im Gang, gleich rechts nach der Treppe.«
»Danke dir!« Herr Winkler nahm den Schlüssel an sich. »Ich hole dann mal mein Gepäck.«
Doc Vic wandte sich an die Mädchen: »Und ihr drei möchtet bestimmt auch gleich eure Unterkunft sehen!«
Marie nickte. »Ja! Ich bin schon total gespannt. Das Gut ist ja riesig. Wohnen wir auch im Haupthaus?«
Doc Vic schüttelte den Kopf. »Nein, hier sind nur die Mitarbeiter von Tom und meine Leute vom Takhi-Projekt untergebracht. Kommt einfach mit mir mit, ich zeige es euch.«
Sie verließen das Haupthaus über den Hinterausgang und folgten Doc Vic über eine Wiese, an die ein Birkenwald angrenzte. Marie wurde mit zunehmender Entfernung zum Gehöft unruhiger. »Gibt es noch ein weiteres Gebäude, das zu Gut Rosenthal gehört? Hier, mitten im Wald?«
Franzi biss sich auf die Lippe. »Wart's doch einfach ab.«
Marie sah Franzi irritiert an. »Man wird doch mal fragen dürfen!«
»Da sind wir«, rief Doc Vic. Stolz zeigte sie auf die Lichtung im Wald. »Wir haben sie ganz neu aufgebaut! Die anderen Kinder und Jugendlichen vom Reiterlager kommen erst morgen. Ihr habt also das Lager eine Nacht lang ganz für euch alleine!«
Marie blieb wie zur Salzsäule erstarrt stehen. »Das ist nicht wahr«, murmelte sie. »Bitte sagt, dass das ein Witz ist!«
Franzi legte einen Arm um Maries Schulter. »Das sind Jurten!« Sie deutete auf die acht Rundzelte, die um einen Lager-

feuerplatz herumstanden. »Echt mongolische.« Sie zwinkerte Kim zu. »Die Teilnehmer vom Jugendreiterfest können hier übernachten. Ich dachte, es wäre schön, wenn wir auch, also … äh – Marie, alles klar?«

Marie starrte Franzi wütend an. »Ich dachte, wir wohnen auf einem großen Gutshof, in einem Zimmer mit Himmelbetten und Bauernmöbeln!« Sie schluckte schwer. »An einen *Zelturlaub* hatte ich eigentlich nicht gedacht!« Sie verschränkte die Arme vor der Brust. »Außerdem habe ich keinen Schlafsack dabei. Ich will heim.«

Franzi grinste. »Jetzt sieh es dir doch erst mal an. Diese Jurten sind superbequem …«

»Wahnsinn!«, rief Kim dazwischen, die bereits mit Doc Vic zu einem der Zelte gegangen war. »Da liegen dicke weiche Teppiche drin. Und es gibt Matratzen mit richtigem Bettzeug und sogar eine Kleiderstange!«

Marie zupfte sich einen Fussel von ihrem dunkelblauen Seidenshirt. »Haha, sehr lustig. Veräppeln kann ich mich selber!«

Wo ist Tinka?

»Im Ernst, das müsst ihr euch ansehen!«, rief Kim zurück. »Kommt schon, das ist wie in *Tausendundeiner Nacht*!«
Tatsächlich war das Innere des Zelts mit allem Komfort ausgestattet. Bunt gemusterte Überdecken auf den vier Matratzen, weiche Sitzsäcke aus Leder und ein niedriges Tischchen mit filigranen Beinen ließen völlig vergessen, dass man sich in einem Zelt aus Baumwollstoff und Holzlatten befand.
»Alles wieder gut?«, fragte Franzi und boxte Marie leicht an die Schulter.
Marie nickte. »Das ist sogar besser als ein Himmelbett!«
Doc Vic lächelte. »Freut mich, dass es euch gefällt! Am besten, ihr bringt gleich euer Gepäck rein. Duschen und WCs sind im Haupthaus. Der Weg dorthin ist nachts mit kleinen Solarlampen beleuchtet. Es ist also an alles gedacht.« Sie zog ihr Handy hervor und sah aufs Display. »Nachrichten vom Takhi-Transport! Serge und Paul werden in einer halben Stunde da sein!« Die blauen Augen der Frau begannen zu blitzen. »Ich bin total aufgeregt! Wenn ihr möchtet, nehme ich euch im Jeep mit. Das Reservat ist nur fünf Minuten von hier entfernt. Ich sage deinem Vater Bescheid, Franzi. Kommt einfach zum Parkplatz.«
Die drei !!! nickten und beeilten sich, ihre Taschen aus dem Auto zu holen und ins Zelt zu bringen. Marie konnte gerade noch ein empfindliches Seidentop und ein Sommerkleid an der Kleiderstange aufhängen, dann war es schon an der Zeit, loszufahren.

»Wir haben momentan fünf Stuten im Takhi-Tal«, erklärte Doc Vic, während sie den Jeep über einen Feldweg steuerte. »Sie heißen Shaja, Siti, Ojuna, Nula und Narantsetseg, abgekürzt Tsetse.« Doc Vic grinste. »Und dann haben wir seit Juni unseren kleinen Oleg – das Fohlen von Ojuna.« Die Leiterin bog in einen holprigen Wirtschaftsweg ein. »Bis vor Kurzem lebte noch der Hengst Sam bei uns und hat die Herde angeführt. Er ist der Vater von Oleg und wurde nach Prag in ein Reservat gebracht. Dafür kommt jetzt Temudschin aus der Schweiz.«

Kim schrieb ein paar Stichworte in ihr kleines Buch, das sie sich extra für ihre Notizen für die geplante Reportage angeschafft hatte.

»Warum musste Sam denn weg und ein neuer Hengst wird dafür hergeholt?«, wollte Marie wissen. »Es ist doch bestimmt sehr umständlich, die Pferde hin und her zu fahren!«

Herr Winkler nickte. »Das ist richtig. Aber es ist wichtig, die Tiere unter den Reservaten immer wieder auszutauschen, damit es keine Inzucht gibt. Der Genpool der verschiedenen Herden muss immer wieder erneuert werden.«

Kim schrieb eifrig mit. In der Zwischenzeit war Doc Vic in einen schmalen Feldweg eingebogen, ließ den Jeep ausrollen und stoppte auf einem kleinen Parkplatz, der an einen Holzzaun angrenzte. Einige Autos standen bereits da und ein gutes Dutzend Menschen mit Kameras, Stativen und Mikros wartete. Als die Leute das Logo des Wildpferdeprojekts auf dem Jeep erkannten, setzten sie sich in Bewegung und kamen auf das Auto zu. »Die Presse ist auch schon da«, stellte Doc Vic fest. »Das ist gut! Wir brauchen eine rege Berichterstattung über unser Reservat. Es muss einfach noch bekannter werden, damit mehr Besucher zu den Führungen kommen.« Sie seufzte. »Wir benötigen die Eintrittsgelder dringend, um unser Projekt zu finanzieren. Die Unterstützung vom europäischen Fonds reicht hinten und vorne nicht.«

Sie stiegen aus, und während Doc Vic von den Journalisten umlagert wurde und bereitwillig Auskunft gab, liefen die drei !!! zusammen mit Franzis Vater zum Koppelzaun. Dahinter war in ein paar Metern Entfernung, leicht versteckt hinter einer Baumgruppe, ein Tümpel zu erkennen. Das Gelände darum herum sah ziemlich sandig aus und war von grün-gelblichen Grasbüscheln und Polstern von gelben Blumen durchzogen.

»Gelbe Sand-Strohblumen«, stellte Kim fest. »Die sind ziemlich selten geworden. Sie wachsen nur auf Sandrasengelände.«

Herr Winkler nickte anerkennend. »Du kennst dich ja aus!«

»Das stand auf der Homepage vom Takhi-Tal. Ich fand es ganz interessant, dass durch das Projekt die Wildpferde vor dem Aussterben gerettet werden und gleichzeitig auch noch andere Tier- und Pflanzenarten geschützt werden. Die Pferde fressen bestimmte Pflanzen beim Weiden weg, und übrig bleibt nur noch dieser Sandrasen. Und der ist ideal für bestimmte Vögel und Insekten.«

»Genau. Zum Beispiel für die Blauflügelige Ödlandschrecke«, sagte Herr Winkler. »Die gibt es hier erst wieder, seit die Takhis hier weiden.«

Franzi und Marie fingen an zu lachen. »Was soll das denn für ein blauflügeliges Monster sein?«, fragte Franzi.

»Es sind keine Monster«, erklärte Herr Winkler lächelnd. »Sondern kleine, zarte Insekten, Heuschrecken mit blauen Flügeln. Passt genau auf, vielleicht seht ihr welche.«

Franzi reckte den Hals. »Ich möchte jetzt lieber endlich die Pferde sehen!« Sie kniff die Augen zusammen. »Das Gelände ist ja riesig. Die können sich doch sonst wo verstecken.«

Doc Vic war zu ihnen gekommen. »Es sind fast hundert Hektar, das entspricht der Größe von fünf Fußball-Feldern.« Sie lächelte. »Aber die Chance, die Herde hier anzutreffen, ist trotzdem ziemlich groß. Sie kommen mehrmals am Tag zum Tümpel, um zu trinken. Besonders jetzt im Sommer.«

Die drei !!! hielten neugierig Ausschau. Plötzlich packte Franzi Marie am Arm. »Da ist eins!«, wisperte sie.

Marie reckte den Hals. »Wo? Ich kann nichts sehen.«

»Hinter dem einen Baum, gleich beim Tümpel«, flüsterte Franzi. »Der hellbeige Fleck. Das ist sein Kopf. Es bewegt die Ohren!«

»Stimmt!«, murmelte Marie.

»Das ist Ojuna«, erklärte Doc Vic leise. »Und neben ihr im Gebüsch steht das Fohlen.«

Franzis Herz schlug schneller. Leises Wiehern und Schnauben erklang aus dem grünen Dickicht. Und dann kam Ojuna aus der Deckung hervor. Sie machte den Hals ganz lang, setzte vorsichtig einen Huf vor den anderen und bewegte sich langsam, aber beständig auf den Zaun zu. Das Fohlen folgte ihr mutig. Es hatte flauschiges, fast weißes Fell und eine wild nach oben stehende Mähne.

»Ist der süß!«, murmelte Franzi verzückt. »Er sieht wie ein Mini-Punker aus.«

Kim und Marie nickten. Kim zog ihre Kamera hervor und schoss ein paar Fotos. Auch die Journalisten fotografierten und filmten. Die Anwesenheit der Menschen schien die beiden Wildpferde nicht im Geringsten zu stören. Oleg traute sich sogar bis auf einen Meter an den Zaun heran und spitzte neugierig die Ohren.

Doc Vic biss sich auf die Lippe. »Ojuna war am längsten von allen in einem Zoo und sucht daher immer noch die Nähe der Menschen.« Sie schüttelte den Kopf. »Als sie hier vor zwei Jahren angekommen ist, hat sie tagelang am Zaun gestanden und darauf gewartet, dass jemand vorbeikommt. Zum Glück hat sie mittlerweile gelernt, sich ihr Futter selbst zu suchen.«

»Da ist noch eins!«, rief Franzi leise. »Ein rotbraunes mit heller Blesse.«

»Das ist Tsetse«, sagte Doc Vic. »Und wenn ihr genau hinseht, könnt ihr weiter hinten die drei anderen Damen sehen. Die ganz Helle ist Siti, die mit der dunkelbraunen Mähne ist Shaja, und Nula hat einen schwarzen Punkt auf der Stirn.«

Die drei !!! waren so konzentriert dabei, die Wildpferde zu beobachten, dass sie zuerst gar nicht mitbekamen, dass der Transporter mit dem neuen Pferd auf den Parkplatz gerollt war. Erst als die Journalisten zu tuscheln begannen, horchte Franzi auf. Sie sah, dass Doc Vic einem großen Tiertransporter entgegeneilte. Sie sprach kurz mit dem Fahrer, lief anschließend zu einem Tor im Koppelzaun und öffnete es. Nachdem der Transporter langsam auf das Gelände gefahren war, folgten Doc Vic und Herr Winkler. Franzis Vater schloss das Tor von innen. Die Wildpferde am Tümpel spitzten neugierig die Ohren.

Ein großer Mann, der sein langes schwarzes Haar zu einem Pferdeschwanz gebunden hatte, und ein schmächtiger blonder Junge kletterten aus dem Fahrerraum. Der Junge lief zu Doc Vic und begrüßte sie mit einem Kuss auf die Wange. Die blonde Frau legte lächelnd einen Arm um die Schulter ihres Sohnes. Herr Winkler nickte dem Fahrer zu und die beiden machten sich daran, die hintere Klappe des Transporters zu entriegeln und die Laderampe auszufahren. Die Journalisten brachten ihre Kameras in Position. »Kommt, wir müssen näher dran«, rief Franzi ihren Freundinnen zu. Sie stellten sich zu den Journalisten ans Gatter.
»Dann wollen wir mal sehen!«, sagte Herr Winkler und öffnete die Innentür des Laderaums. Plötzlich erklang lautes Wiehern. Dann polterte es im Inneren des Transporters. Wieder erklang ein Wiehern. Franzi hielt die Luft an und reckte den Hals. Aber das Pferd ließ sich nicht blicken.
Doc Vic lächelte und deutete auf die Wildpferdstuten, die vorsichtig ein Stück näher gekommen waren. »Mal sehen, wie sie den neuen Hengst aufnehmen werden. Sein Vorgänger hatte es mit den Damen nicht immer ganz leicht.«
Herr Winkler lugte in den Transporter hinein und zog seinen Kopf wieder zurück. »Wir müssen ihm Zeit geben.«
Kaum hatte Herr Winkler die Worte ausgesprochen, gab es ein donnerndes Poltern und der Hengst stürmte die Rampe hinunter. Er lief ein Stück aufs Gelände hinaus, blieb stehen und blähte hocherhobenen Hauptes die Nüstern. Sein milchkaffeebraunes Fell leuchtete in der Nachmittagssonne und die dichten schwarzen Haare seiner Stehmähne wurden malerisch im Wind gezaust. Über den Rücken des Hengstes

zog sich ein schmaler Streifen aus fast schwarzem Fell, der bis zum Schweif reichte.
Die Journalisten und Kim fotografierten eifrig drauflos.
»Das ist ja ein besonders ausgeprägter Aalstrich«, murmelte Kim, während sie durch die Kamera schaute und immer wieder abdrückte.
»Was für ein Strich?«, fragte Marie irritiert.
»Aalstrich«, wiederholte Franzi. »Kim meint die dunkle Fellzeichnung auf dem Pferderücken.«
»Aha, interessant«, sagte Marie. »Noch nie gehört.«
Franzi verdrehte die Augen. »Das weiß doch jedes Kind!«
Kim zwinkerte Franzi zu. »Immerhin weiß Marie genau, was ein *Lidstrich* ist.« Sie wich geschickt aus und wehrte eine Kitzelattacke ihrer Freundin ab.
»Frag du mich noch mal, ob ich dir beim Schminken helfe!«, rief Marie kichernd.
Kim klopfte ihr auf die Schulter. »Ist ja schon gut! Jeder hat eben so seine Stärken und Schwächen.«
Plötzlich setzte sich der Hengst in Bewegung und lief auf die Stutenherde zu.
»Jetzt bin ich gespannt«, murmelte Franzi. Eine Sekunde später lachte sie hell auf. Die Stuten wandten sich eine nach der anderen gemächlich ab und stolzierten einfach weg! Temudschin schnaubte und folgte beharrlich. Als er Tsetse fast erreicht hatte, sah sie kurz hinter sich und verpasste ihm mit dem Hinterhuf einen leichten Kick an die Schulter. Dann galoppierte sie, gefolgt von den anderen Stuten, davon. Der Hengst schüttelte sich und nahm etwas wackelig die Verfolgung auf.

»Herzlich willkommen im Takhi-Tal, Temudschin«, stellte Doc Vic grinsend fest.
Herr Winkler nahm seine Arzttasche. »Er wird sich schon noch behaupten. Jedenfalls hat er den Transport gut überstanden. Wir lassen die Herde jetzt am besten in Ruhe. Morgen sehe ich wieder nach ihnen.«

Zurück auf dem Gutshof, kam ihnen Tom Rosenthal mit besorgtem Gesichtsausdruck entgegen. »Die Sommergrippe hat voll zugeschlagen«, berichtete er Doc Vic. »Gerade hat sich der vierte Helfer krankgemeldet!« Er stemmte die Arme in die Seiten. »Morgen wird das Reiterfest eröffnet, wir brauchen doch jede Hand!«
Es war natürlich Ehrensache, dass die drei !!! ihre Hilfe anboten. Tom lächelte. »Danke, ihr drei! Dann helft ihr morgen beim Losverkauf und am Essensstand. Perfekt!«
Doc Vic zog sich mit Franzis Vater und zwei Mitarbeitern des Pferdeprojekts zu einer Besprechung ins Haupthaus zurück. »Wir sehen uns dann beim Abendessen«, rief Herr Winkler den drei !!! von der Treppe aus zu.
Franzi winkte. »Alles klar, bis dann!« Sie drehte sich zu ihren Freundinnen um. »Ich muss gleich mal nach Tinka und Polly sehen. Kommt ihr mit?«
Marie und Kim nickten. Die drei !!! schlenderten in Richtung der Stallungen. Der Wildpferdetransporter war unweit davon geparkt und Serge und Paul holten gerade ihre Sachen aus der Fahrerkabine.
Als Serge einen vollgepackten Rucksack zu Paul hinunterreichte, verzog er das Gesicht. »Um Himmels willen!«, hörte

Franzi ihn sagen. »Ist der schwer! Was schleppst du denn da durch die Gegend?«
Paul grinste schief. »Einen Piratenschatz!«
Serge lachte und strubbelte dem Jungen durch das blonde Haar. »Scherzkeks.«
Paul zuckte mit den Schultern. »Ich habe Äpfel, Karotten und Hafer für den Notfall eingepackt. Wenn der Transporter unterwegs liegen geblieben wäre, hätte ich Temudschin füttern können!«
Franzi stieß Kim in die Seite. »Habt ihr das gehört? Ist das nicht süß?« Auch Serge schmunzelte. »Du bist wirklich ein noch größerer Pferdenarr als deine Mutter!«
»Kann schon sein«, antwortete Paul und ergriff einen Riemen des Rucksacks. »Ich bin bei Ajuna auf der Weide, falls mich jemand sucht«, ergänzte er und machte sich auf den Weg. Den Rucksack zog er hinter sich her.
»Alles klar!«, rief Serge und begann, das Innere des Transporters auszufegen. Als die drei Mädchen vorbeiliefen, hob er den Kopf. Er stutzte. »Kann ich euch helfen?«, fragte er höflich, aber bestimmt. »Ich habe euch hier noch nie gesehen.«
Franzi lächelte und erklärte in kurzen Worten, wer sie waren.
»Na dann, herzlich willkommen auf Gut Rosenthal und eine tolle Zeit!«, wünschte Serge fröhlich. »Man sieht sich!«
Die drei !!! nickten und verabschiedeten sich. Sie wichen einem dunkelroten Pick-up aus, der gerade neben dem Transporter einparkte, und liefen weiter zu den Stallungen.
Als sie die Box erreicht hatten, in die Franzi Tinka und Polly nach ihrer Ankunft gebracht hatten, zuckte Franzi zusam-

men. Die Box war leer! Sie sah sich hektisch um. Wo steckten ihr Pony und ihr Huhn?!
In dem Moment kam eine junge rothaarige Frau mit einer leeren Schubkarre die Stallgasse entlang. Sie trug Jeans, Gummistiefel und ein hellblaues Hemd. »Bist du Franzi, die Tochter von Dr. Winkler?«, fragte sie.
»Ja!« Franzi nickte hektisch. »Wo ist Tinka? Ist etwas passiert?«
»Keine Sorge!« Die Frau schüttelte den Kopf. »Dein Pony ist auf der Weide. Die Pferde haben bei uns die Möglichkeit, vom Paddock weiter auf die Koppel zu gelangen, wenn sie Lust drauf haben.« Die Frau lächelte. »Deine Tinka hatte sehr schnell Lust dazu. Sie hat sich gleich mit Pauls Pony Ajuna angefreundet und ist zu ihr gelaufen. Ich bin übrigens Julie. Ich bin für die Paddockställe verantwortlich.«
Franzi atmete auf. »Und ich dachte schon, jemand hätte Tinka entführt.« Sie lächelte Julie erleichtert an. »Wie kommt man zur Weide?«
»Ganz einfach, hier entlang!« Die junge Frau lehnte die Schubkarre gegen die Wand und führte die drei !!! durch die Box auf die Paddockfläche. Sie zeigte auf ein offen stehendes Tor in der Umzäunung. Es führte auf eine riesige Koppel, auf der mehrere große, knorrige Apfelbäume wuchsen. Polly saß auf einem der unteren Äste eines Baums und putzte sich das Gefieder.
»Das zahme Huhn gehört dir auch?«, fragte Julie.
Franzi nickte.
»Echt niedlich. Es hat vorhin mit den Schnürsenkeln von Toms Schuhen gekämpft!«

»Ja, das ist so ein Spiel, das wir …« Franzi brachte den Satz nicht zu Ende, weil sie Tinka am anderen Ende der Koppel entdeckt hatte. »Da ist sie ja!«, rief sie glücklich. Tinka tollte mit einem anderen, ebenfalls schwarzen Pony herum.

»Ist das deins?«, fragte plötzlich jemand hinter ihr. Franzi drehte sich um. Es war Paul, er musste kurz nach ihnen gekommen sein.

»Ja!«, sagte Franzi. »Das ist meine Tinka. Wir sind heute gekommen und bleiben eine Woche. Und du bist Paul. Richtig?«

Der Junge nickte. Nachdem Franzi sich, Kim und Marie vorgestellt hatte, stützte Paul die Ellenbogen auf den Koppelzaun. »Tinka ist ein New Forest, oder?«

Franzi nickte. »Stimmt.« Sie kniff die Augen zusammen und betrachtete das andere Pferd, ein kleines Kraftpaket mit schwarz glänzendem, dichtem Fell und langer Mähne. »Und das süße Mongolenpony gehört dir?«

Paul nickte heftig. »Ja! Sie ist das beste Pony auf der ganzen Welt!« Er pfiff ein Mal durch die Finger und rief: »Ajuna!« Das Pony blieb sofort stehen und spitzte die Ohren. Dann galoppierte es quer über die Koppel auf Paul zu.

Tinka sah ihrer neuen Freundin kurz verwirrt nach und galoppierte dann ebenfalls los. Die Ponys streckten ihre Köpfe über den Koppelzaun und ließen sich von den Kindern die Mähne kraulen.

»Machst du morgen auch bei den Reiterspielen mit?«, fragte Paul.

Franzi nickte. »Klar!«

»Prima!« Der Junge klopfte Tinka und Ajuna den Hals und

lächelte Franzi an. »Wir sehen uns nachher beim Abendessen. Ich muss jetzt weg, hab noch was zu erledigen.« Paul winkte und machte sich davon.
»Ich muss leider auch weg«, sagte Julie. »Ich hab noch drei Boxen vor mir, die ausgemistet werden müssen.« Die drei !!! liefen mit der jungen Frau zum Stall zurück und verabschiedeten sich dort von ihr.
Vor dem Gebäude blinzelte Kim gegen die tief stehende Abendsonne. »Lasst uns zum Haupthaus gehen. Ich will auf dem Schwarzen Brett nachsehen, wann der Vortrag von Doc Vic über das Wildpferdereservat stattfindet.«
Marie und Franzi waren einverstanden. »Vielleicht schreibe ich mich im Schnupperkurs fürs Voltigieren ein«, sagte Marie.
»Was ist denn da los?«, fragte Franzi plötzlich. Sie deutete zum Parkplatz. Dort standen drei grauhaarige Männer im Schatten des Transporters und unterhielten sich aufgeregt. Als sie die drei !!! bemerkten, verstummten sie und gingen auseinander. Zwei der Männer begannen Getränkekisten von der Ladefläche des roten Pick-ups abzuladen, der daneben geparkt war. Der dritte Mann stapelte die Kisten auf einer Sackkarre. Sie nickten den Mädchen freundlich zu. Kim, Franzi und Marie liefen zum Haupthaus weiter. Plötzlich schepperte und klirrte es laut. Einer der Männer rief: »Erwin, Achtung!«
»Schon gut«, brüllte ein anderer Mann zurück. »Ist ja nichts passiert! Jobst, pass du lieber auf, dass der Limo-Kasten nicht …« Ein dumpfer Aufschlag ertönte mitten im Satz.
»Alles nur Plastikflaschen, nichts kaputt!«, schallte es sogleich über den Hof.

»Die scheinen noch nicht lange zusammenzuarbeiten«, bemerkte Marie kopfschüttelnd. Sie betrat die erste Stufe der breiten Freitreppe, die zum Haupthaus führte. Plötzlich wurde die schwere Eingangstür aufgerissen und Doc Vic eilte heraus. Sie stemmte die Arme in die Seiten und sah über den Hof. Dann entdeckte sie die drei Männer. »Papa, was machst du denn schon hier?«, rief sie verwundert. »Ihr solltet doch erst morgen die Getränke für das Jurtenlager bringen. Serge wollte euch beim Abladen helfen.«
Einer der Männer winkte. »Gloria Victoria! Schön, dich zu sehen!« Er wischte sich die Hände an der Hose ab und lief auf Doc Vic zu. »Wir hatten gerade Zeit, und da dachten wir, wir bringen die Getränke für das Jurtenlager schon mal vorbei. Morgen müssen wir noch das ganze Grillgut transportieren, das nimmt alles so viel Platz weg …«
»Ach, Papa! Immer …« Doc Vic biss sich auf die Lippen. »Na gut. Ich zeige dir den Weg zu den Jurten. Komm.« Sie nickte den drei !!! zu und begleitete ihren Vater ins Haupthaus hinein.
Kim, Franzi und Marie schlüpften hinter ihnen ins Haus und liefen zum Schwarzen Brett, an dem ein Aushang mit den Programmpunkten der Aktionstage angebracht war. Kim notierte sich den Termin für den Vortrag und Marie setzte ihren Namen auf die Liste des Voltigier-Schnupperkurses. Währenddessen sah sich Franzi die Teilnehmerlisten der Reiterspiele an. Sie war tatsächlich überall schon angemeldet!
Marie sah ihr über die Schulter und las vor: »*Mongolischer Besenpolo, Slalom durch die Wüste Gobi.*« Sie kicherte. »Das

klingt ja interessant. Ich bin gespannt, was du und Tinka da alles machen müsst!«

Franzi grinste. »Und ich erst!« Ein angenehmes Kribbeln machte sich in ihrem Bauch breit. Sie hatte richtig Lust darauf, morgen mit ihrem Pony zu beweisen, was sie beide konnten!

Geisterpferde

Nach dem Abendessen mit Doc Vic, Paul und Franzis Vater machten es sich die drei !!! in ihrer Jurte gemütlich. Sie rückten die Matratzen zusammen und Marie hängte eins ihrer Seidentücher über die Solarlampe, die in der Mitte des Zeltes herabbaumelte. Jetzt war die Jurte von einem sanften orangefarbenen Licht erfüllt. Die drei !!! kuschelten sich auf ihr Matratzenlager. Kim öffnete eine Tüte Gummibärchen und begann in ihrem Krimi zu lesen, Franzi polierte Tinkas Zaumzeug und Marie schrieb SMS auf ihrem Handy, während sie sich gleichzeitig das Haar bürstete. Die Stille wurde nur ab und an durch das Rascheln unterbrochen, das entstand, wenn eine von ihnen in die Gummibärchentüte griff.
Nach einer Weile seufzte Kim und legte ihren Krimi zur Seite. »Ist das schön!« Sie verschränkte die Arme unter dem Kopf, streckte sich auf ihrer Matratze aus und schloss die Augen. »Hört ihr die vielen Grillen zirpen?«
»*Hundert*«, murmelte Marie halblaut.
Kim blinzelte verwirrt. »Hast du sie gezählt?!«
Marie verdrehte die Augen. »Wenn du die Bürstenstriche für mein Haar meinst: ja. Die Grillen: nein!«
Die Mädchen prusteten los. Marie legte die Bürste auf dem Tischchen neben ihr ab. »Jetzt mal im Ernst: Es ist toll hier!« Sie schüttelte ihr Haar, das ihr wie flüssiges Gold über die Schultern fiel.
»Wirklich super!« Franzi kuschelte sich in die Decke auf ihrer Matratze und tippte gegen die Zeltwand, die sich im lau-

en Sommerwind bauschte. »Ich fühle mich wie auf einer Safaritour in einem exotischen Land. Um uns herum die grüne Hölle, wilde Löwen, bunte Vögel …« Sie stockte und lauschte. »Da hat jemand gerufen!«

»Ich hab nichts gehört«, nuschelte Kim, die sich eine Handvoll Gummibärchen in den Mund geschoben hatte.

Marie schüttelte den Kopf. »Ich auch nicht.«

»Doch! Seid mal still.«

Sie lauschten in die Nacht hinein.

»Ja!«, flüsterte Kim. »Jetzt habe ich auch was gehört. Ein paar Männerstimmen. Sie kommen vom Gutshof.«

»Ich glaube, der eine war Serge«, sagte Marie.

»Vielleicht laden Doc Vics Vater und seine beiden Freunde immer noch Getränke ab«, sagte Franzi.

Marie kicherte. »Oder sie räumen das Schlachtfeld auf, das sie dabei hinterlassen haben.«

Sie lauschten weiter. Aber es tat sich nichts mehr.

Marie zog den Reißverschluss an ihrer Trainingsjacke hoch und schlüpfte in ihre Turnschuhe. »Ich geh noch mal kurz vor die Tür, äh, vor das Zelt und rufe Holger an.«

Franzi grinste. »Schöne Grüße!«

»Richte ich gerne aus!« Marie schlüpfte nach draußen.

Kim seufzte.

»Denkst du an Michi?«, fragte Franzi leise.

Kim räusperte sich. »Ja, schon.«

»Warum rufst du ihn dann nicht an?«

Kim legte das Buch weg. Sie seufzte wieder. »Ich habe meinen Stolz. *Er* ist weggefahren. Und ich finde, *er* muss sich bei mir melden.«

Franzi biss sich auf die Lippe. »Aber du bist doch sonst nicht so …«
Kim schüttelte den Kopf. »Ich hab jetzt keine Lust, darüber zu sprechen.«
»Ja, gut.« Franzi schluckte. »Aber wenn du reden möchtest, sag jederzeit Bescheid!«
Kim lächelte. »Ja, danke!« Sie putzte sich schnell die Nase und griff wieder zu ihrem Buch.
Franzi kuschelte sich in ihr Kissen und zog die Decke fester um sich. Sie war wirklich froh, Single zu sein!

Franzi fuhr hoch und sah sich verwirrt um. Dann fiel ihr ein, wo sie sich befand: in einer Jurte, zusammen mit Kim und Marie. Warum war sie so plötzlich aufgewacht? Hatte sie schlecht geträumt? Nein, da war ein Geräusch gewesen. Ein Schrei? Franzi lauschte. Vom Haupthaus drangen laute Stimmen herüber! Wie spät war es? Wie lange hatte sie überhaupt geschlafen?
»Was ist das?«, hörte sie Marie murmeln. Eine Taschenlampe wurde eingeschaltet. Franzi erkannte Kims verschlafenes Gesicht im Lichtkegel. Sie zog eine Augenbraue hoch. »Da streiten sich irgendwelche Leute im Gutshof!«
Franzi sah auf ihre Armbanduhr. Es war kurz vor Mitternacht.
Erneut erklang eine wütende Männerstimme. Franzi krabbelte über Kim hinweg und schlüpfte aus der Jurte. Sie versuchte zum Gutshof hinüberzusehen. Aber durch das dichte Blätterwerk des Birkenwalds war nur ein schwacher Lichtschimmer auszumachen.

»Lasst uns nachsehen, was da los ist«, rief Franzi ins Zelt.
Die drei Detektivinnen zogen sich schnell ihre Schuhe an und rannten den schmalen, beleuchteten Pfad entlang.
Als sie das Haupthaus beinahe erreicht hatten, konnten sie sehen, dass auf der Treppe davor einige Leute standen und aufgeregt diskutierten. Franzi erkannte Doc Vic und Evi, die beide Jogginghosen und Schlafshirts trugen. Vor ihnen hatte sich ein stämmiger, großer Mann mit grau meliertem Haar aufgebaut. Die Ärmel seines weißen Hemdes waren aufgekrempelt, eine Krawatte lag lose um seinen Hals. Sein Gesicht war puterrot. Er fuchtelte wild mit den Armen.
»Ist das ein Betrunkener, der auf dem Hof randaliert?«, murmelte Kim. »Kommt!«
»Jetzt unternehmen Sie sofort etwas!«, schrie der Mann. »Die zertrampeln mein ganzes Maisfeld!« Er trat näher an Doc Vic heran. Sie hob beschwichtigend die Hände. »Meine Mitarbeiter bereiten gerade alles vor. Wir fahren sofort los.« Sie hielt inne, weil sie die drei !!! entdeckt hatte. »Einen Moment bitte!«, sagte sie. Sie drängte sich zwischen Evi und dem Mann durch und lief auf Kim, Franzi und Marie zu. Der Mann sah ihr irritiert hinterher. »He! Sie gehen jetzt nicht einfach weg!« Er wandte sich an Evi und ließ eine weitere Schimpftirade los: »Dämliches Artenschutzprojekt! Sollen diese Urgäule doch aussterben. Man sieht ja, was sie anrichten! Guck dir doch die Wüste Gobi an! Wie es da aussieht. Alles weggefressen und platt getrampelt. Und jetzt machen sie auf meinem Maisfeld weiter!«
Franzi blieb der Mund offen stehen. Am liebsten wäre sie zu dem Mann gegangen und hätte ihm gehörig die Meinung

gesagt. Aber Doc Vic legte ihr gerade den Arm über die Schulter. »Hallo, ihr drei!« Sie versuchte mühsam ein Lächeln. »Es tut mir leid, dass wir euch aufgeweckt haben.« Sie biss sich auf die Lippen. »Einige Takhis sind aus dem Reservat entwischt und laufen auf dem Feld von Herrn Wagner herum. Er betreibt den Bauernhof hier in der Nähe und ist vorhin von einer Familienfeier nach Hause gefahren. Er hat mindestens zwei unserer Przewalskis vom Auto aus gesehen.« Sie strich sich eine Haarsträhne aus dem blassen Gesicht. »Bitte geht zurück in eure Jurte. Ihr könnt auch gerne hier im Haupthaus bleiben.«

»Wie kann denn so etwas passieren?« Franzi sah Doc Vic ungläubig an. »Da ist doch ein hoher Zaun um das ganze Gelände herum.«

Doc Vic seufzte. »Der obendrein mit einer Elektroanlage gesichert ist. Ich weiß auch nicht, was da los ist.«

Franzis Vater kam mit einer großen Tasche in der Hand über den Parkplatz gelaufen. »Ich habe das Betäubungsgewehr aus der Praxis!«, rief er. »Wir können!« Dann entdeckte er die drei !!!. »Ihr habt mitbekommen, was los ist?«

Franzi nickte schweigend. Sie tauschte mit Kim und Marie einen kurzen Blick. Wie so oft verstanden sie sich ohne Worte.

»Wir kommen mit, Papa!«, sagte Franzi bestimmt.

Erstaunlicherweise widersprach ihr Vater nicht. »Ihr könnt mit Vic und mir fahren!«, sagte er gehetzt.

Die Projektleiterin nickte und winkte Evi zu. »Sobald Andreas die Tiere geortet hat, geht es los«, rief sie. »Nehmt ihr bitte den Jeep. Wir fahren mit Dr. Winklers Wagen.«

Ein junger Mann in Boxershorts und wirrem Haar eilte herbei und reichte Doc Vic einen Computerausdruck. »Hier, ich habe ihre Position ausfindig gemacht. Es sind zwei Tiere, die sich außerhalb der Grenze beim Westtor bewegen. Sie sind nicht sehr schnell. Wenn ihr euch beeilt, findet ihr sie in der Nähe der aktuellen Koordinaten.«

»Danke, Andreas!« Doc Vic nahm das Papier und warf einen Blick darauf. Sie nickte. »Es sind Tsetse und Temudschin.«

Franzi sah verwundert auf den Ausdruck. Sie erkannte eine Art Landkarte und darauf verteilte kleine schwarze Punkte, die mit Zahlen gekennzeichnet waren. »Woher weißt du, dass es genau diese beiden Pferde sind?«, fragte Franzi verwundert.

»Die Takhis sind mit Mikrosendern gechipt«, antwortete Doc Vic. »Dadurch können wir ihre Position im Gelände jederzeit abfragen. Außerdem hat jedes Tier eine Nummer zugeordnet bekommen.« Sie faltete den Plan und sah Herrn Winkler an. »Die beiden Pferde befinden sich tatsächlich auf dem Feld, das an das Reservat angrenzt. Wir sollten uns beeilen!«

Plötzlich rief der Landwirt erbost: »Dieses Projekt gehört verboten!« Evi ließ den Mann einfach stehen und kam zu ihnen rüber.

»Und dafür wolltet ihr mir mein Land wegnehmen!«, rief ihr der Bauer hinterher.

Doc Vic und Herr Winkler ignorierten den Mann ebenfalls.

»Alles klar!« Herr Winkler klimperte mit dem Autoschlüssel. »Fährst du, Vic? Du kennst dich besser in der Gegend hier aus.«

Die blonde Frau nickte und nahm den Schlüssel.

Eine Viertelstunde später hatten sie das Westtor des Reservats erreicht. Über den vom Vollmond erhellten Himmel huschten blitzschnelle kleine Schatten mit spitzen Flügeln. Marie zog den Kopf ein und fasste nach Kims Hand.
»Das sind bloß Fledermäuse«, sagte Kim und grinste. »Die fressen dich schon nicht!«, stichelte sie weiter. Aber sie hielt Maries Hand weiterhin fest, während sie zu der Umzäunung liefen, hinter der das Reservatsgelände begann.
Alles lag still und verlassen da. Nur die Wipfel der vereinzelt stehenden Bäume wogten sanft im Nachtwind. Kein Pferd war zu sehen.
»Die Herde hält sich normalerweise nachts dort hinten beim Steinbruch am Wäldchen auf«, erklärte Doc Vic. »Man kann sie von hier aus nicht sehen.« Sie lief zu dem breiten Gatter, das einen Durchlass im Weidezaun bildete. »Das Tor ist geschlossen. Ich kann nichts Auffälliges feststellen.« Sie tippte mit der Hand kurz auf den Draht, der oberhalb des Zauns verlief, und zog sie schnell zurück. »Der Strom ist auch noch eingeschaltet.«
»Das Gatter ist hier etwas niedriger als der übrige Zaun«, stellte Herr Winkler fest. »Sie könnten an dieser Stelle darübergesprungen sein.«
Doc Vic nickte nachdenklich. »Theoretisch sind sie dazu imstande. Aber ich habe bislang von keinem einzigen Fall gehört, in dem ein Przewalskipferd das getan hätte.« Sie schüttelte den Kopf. »Ich kann mir das nicht erklären.«
»Vielleicht war Temudschin nach dem Transport verwirrt und ist über den Zaun gesprungen«, sagte Evi. »Und Tsetse ist ihm einfach gefolgt?«

Herr Winkler zuckte mit den Schultern. »Könnte sein. Aber warum auch immer sie weggelaufen sind – wir müssen sie jetzt schnellstens finden und wieder in Sicherheit bringen!«

Doc Vic nickte. Sie lief ein Stück auf das nahe gelegene Maisfeld zu.

In dem Moment schoben sich Wolken vor den Mond und der Wind frischte auf. Die Blätter der Maispflanzen raschelten. Franzi sah, dass einige der Pflanzen umgeknickt waren. Die Wolkendecke riss wieder auf und plötzlich sah Franzi zwei Pferde, die mitten im Feld standen. Die Tiere knabberten an den jungen Maiskolben einer noch aufrecht stehenden Pflanze. Ihr Fell und die Mähnen leuchteten fast weiß im Mondlicht. Die ganze Szene hatte etwas Unwirkliches und Gespenstisches.

»Da sind sie!«, flüsterte Doc Vic. »Unsere zwei Geisterpferdchen.«

»Sie scheinen sich nicht verletzt zu haben«, sagte Herr Winkler leise. »Dann versuchen wir jetzt mal, sie wieder auf das Gelände zu kriegen.« Er kratzte sich am Kinn. »Am besten, wir bilden eine Kette und leiten sie langsam in Richtung des Tores. Ich möchte das Betäubungsgewehr nur im Notfall einsetzen.«

Doc Vic nickte. »Ich mache das Gatter auf.« Sie ging langsam zurück. Es quietschte leise, als sie die Arretierung im Zaun löste und das Tor aufschob.

»Bleibt einfach in meiner Nähe«, wisperte Herr Winkler den drei !!! zu. Dann gab er Evi und den weiteren Mitarbeitern ein Zeichen. Daraufhin liefen alle vorsichtig in einem großen Bogen um die Pferde herum und postierten sich in ei-

nem lockeren Halbkreis hinter ihnen. Temudschin spitzte die Ohren und ließ von der Maispflanze ab.
Er tänzelte nervös auf der Stelle herum und riss den Kopf in die Höhe. Tsetse ließ den Maiskolben, den sie zwischen den Zähnen hatte, fallen. Sie wieherte leise. Eine Windböe fuhr durch das Feld.
Und plötzlich ging alles sehr schnell: Der Hengst machte einen Sprung, brach zur Seite aus und lief los. Genau auf Franzi zu!
Augenblicklich spürte sie ihr Herz gegen die Rippen hämmern. Doch sie atmete tief durch, schloss kurz die Augen und öffnete sie wieder. Temudschin rannte immer noch geradewegs auf sie zu. Franzi straffte die Schultern, hob das Kinn und sah dem Pferd hocherhobenen Hauptes entgegen. Jetzt ging ihr Atem vollkommen ruhig. Temudschin stoppte einen Meter vor ihr. Sie hob langsam die Hände auf Hüfthöhe. Dann drehte sie sich leicht zur Seite und sah über die Schulter zu Boden. Der Hengst schnaubte leise. Franzi sah aus dem Augenwinkel, wie Kim und Marie völlig erstarrt dastanden. Ihr Vater nickte ihr unmerklich zu. »Weiter so«, sagte er leise.
Franzi ging einen Schritt von Temudschin weg in Richtung des Gatters. Sie sah kurz über die Schulter zurück, stellte fest, dass der Hengst sie aufmerksam beobachtete, und setzte ihren Weg fort. Sie steckte die Hände in die Hosentaschen und schlenderte weiter. Direkt auf das Gatter zu. Sie sah nicht mehr zurück. Das brauchte sie jetzt nicht mehr. Sie konnte die leisen Geräusche dicht hinter sich hören, die die Pferdehufe auf dem trockenen Gras erzeugten. Der Hengst

folgte ihr! Nach ein paar Metern hatte Franzi das Tor erreicht. Sie lief hindurch. Ein paar Schritte weiter, dann drehte sie sich langsam um. Temudschin und Tsetse waren hinter ihr. Sie sahen sie aufmerksam an. Franzi setzte sich auf den Boden und fing an, ein paar Büschel Gras auszureißen. Der Hengst beugte den Hals und schnupperte auf der Wiese herum. Tsetse fing an zu fressen. Franzi hörte, wie das Gatter geschlossen wurde. Langsam erhob sie sich und blieb ruhig stehen. Die Pferde spitzten die Ohren und schnaubten. Franzi grinste. »Freunde«, flüsterte sie, »jetzt seid ihr zu Hause! Und da bleibt ihr am besten. Versprochen?«
Temudschin wieherte leise. Er machte einen Schritt auf Franzi zu, wandte sich dann aber doch wieder ab und stupste Tsetse an. Gemächlich trabten die beiden Pferde auf das Gelände hinaus. Die Dunkelheit hatte sie bald verschluckt.
Franzi stand auf und lief zum Gatter zurück. Sie schlüpfte zwischen den Holzstreben hindurch. Die anderen empfingen sie begeistert. »Wahnsinn!«, flüsterte Marie und sah sie aus großen Augen an. Kim nickte heftig.
Doc Vic lächelte. »Das war ganz große Klasse!«, sagte sie.
Franzis Vater nickte und klopfte Franzi auf die Schulter. »Ja, wirklich, das hast du perfekt gemacht!«
Franzi zuckte mit den Schultern. »Ich habe gar nicht groß nachgedacht.« Sie steckte die Hände in die Hosentaschen. »Aber es wundert mich schon, dass die beiden einfach so mit mir mitgekommen sind.«
Herr Winkler lächelte. »Du hast dich eben richtig verhalten. Sie haben dich als ihren Leithengst akzeptiert.«
Franzi grinste. »Das hat aber nur geklappt, weil die beiden

Menschen gewohnt sind. Lange lebt Temudschin auch noch nicht in Freiheit, oder?« Sie sah Doc Vic an.
Die Frau nickte. »Er ist, genau wie Tsetse und die anderen, in einem Zoo geboren und wurde vor einem Jahr ins Prager Reservat gebracht.«
Herr Winkler packte das Betäubungsgewehr ein. »Wir sollten zur Sicherheit das Gatter erhöhen.«
Doc Vic nickte. »Ich kümmere mich mit meinen Leuten darum. Ihr könnt zum Hof zurückfahren. Es ist schon spät und die ersten Teilnehmer der Reiterspiele werden morgen ziemlich früh ankommen.«
»Gut, danke!«, antwortete Herr Winkler und schulterte seine Tasche. Er nickte den drei !!! zu. »Kommt ihr?«
Kim zögerte. »Meint ihr wirklich, die Pferde sind über den Zaun gesprungen?« Sie strich sich eine Haarsträhne aus dem Gesicht. »Wenn ein Pferd über ein Hindernis springt und auf der anderen Seite ankommt, hinterlassen seine Hufe doch tiefe Abdrücke. Ich habe mir vorhin den Boden vor dem Tor angesehen – da ist kaum etwas zu sehen!«
Doc Vic nickte langsam. »Der Sandboden ist durch die Sonne ausgetrocknet und hart geworden. Spuren graben sich dadurch nicht sehr tief ein.« Sie verschränkte die Arme vor der Brust. »Außerdem, wenn die Pferde nicht gesprungen sind, dann …«
»… sind sie durch das Tor gelaufen«, beendete Kim ihren Satz. Sie nickte. »Und zwar, nachdem es jemand geöffnet hat.«
Doc Vic biss sich auf die Lippe. »Die Gatter sind im normalen Ablauf immer geschlossen. Sie werden nur benutzt, wenn

ein Transporter auf das Gelände fahren muss, um ein Tier zu holen oder zu bringen. Das war heute, hier an dieser Stelle, definitiv nicht der Fall.«
Die drei !!! wechselten einen Blick. Kim räusperte sich. Dann sagte sie mit leiser Stimme: »Es könnte doch sein, dass jemand die Tiere absichtlich hinausgelassen hat.«
Doc Vic fuhr sich durch die Haare. »Natürlich muss man diese Möglichkeit auch in Betracht ziehen.« Eine steile Falte erschien auf ihrer Stirn. »Aber warum, um Himmels willen, sollte jemand so etwas tun?! Das ist doch absolut verrückt!« Sie schüttelte den Kopf. »Nein, ich kann das nicht glauben.«
»Es gibt leider immer verrückte Leute, die Dinge tun, die nicht zu verstehen sind«, gab Franzi zu bedenken. »Auf jeden Fall ist das, was passiert ist, mehr als merkwürdig.« Sie stemmte die Arme in die Seite. »Und deswegen werden Kim, Marie und ich uns ab morgen hier genauer umsehen und umhören.«
Herr Winkler seufzte. »Oh nein.« Er schüttelte den Kopf. »Das ist eindeutig Sache der Polizei!«

Ziemlich unheimlich!

Kim schlüpfte aus ihren Turnschuhen und ließ sich neben Franzi auf die Matratze fallen. Sie grinste wie ein Honigkuchenpferd. »Jetzt müssen wir aber schnell schlafen, damit wir für unseren neuen Fall fit sind!«
Franzi stützte ihren Kopf auf die Hand und grinste ebenfalls. »Zum Glück hat Doc Vic meinen Vater noch umgestimmt!«
Marie zog sich die Decke bis zum Kinn und schloss die Augen. »Ja! Das ist wirklich genial«, murmelte sie. »Auch wenn wir nur drei Tage Zeit haben und danach die Polizei ins Spiel kommt.«
»Drei Tage sind doch eine ganze Menge«, sagte Franzi und setzte sich auf. »Wir brauchen nur die nötige *Power* ...«
»Klar!« Sofort öffnete Marie wieder die Augen und setzte sich auf. Auch Kim hatte verstanden: Es war höchste Zeit für ihren Powerspruch. Dieses Ritual hatten sie erfunden, um vor einem Fall die nötige Energie zu tanken.
Die drei Mädchen rückten zusammen und legten ihre Hände aufeinander. Dann sagten sie feierlich: »Die drei !!!.«
Kim flüsterte: »Eins!«
Franzi folgte mit: »Zwei!«
Marie rief: »Drei!«
Schließlich rissen sie die Arme in die Höhe und sagten alle zusammen: »Power!!!«
Eine angenehme warme Energiewelle durchflutete Franzis Körper und sie fühlte sich leicht, frei und stark. Zufrieden kuschelte sie sich in ihre Decke.

Als die drei !!! am nächsten Morgen bei strahlendem Sonnenschein zum Haupthaus liefen, herrschte auf dem Hof bereits Hochbetrieb. Tom Rosenthal fuhr mit einem Kleintransporter, auf dem Hindernisstangen und Tonnen geladen waren, an ihnen vorbei und winkte. Auf dem Weg zum Frühstück im Speisesaal stieß Franzi beinahe mit Serge zusammen, der zerstreut auf den Boden starrte und grußlos an ihr vorbeieilte. »Was ist denn mit dem los?«, fragte Franzi verwundert.

»Er hat bestimmt zu wenig Schlaf abgekriegt«, sagte Kim. Sie rieb sich die Augen und gähnte. »Das Team ist gestern Nacht garantiert noch später ins Bett gekommen als wir!«

Franzi nickte. »Da hast du wahrscheinlich recht.«

Doc Vic und Franzis Vater saßen an einem Tisch beim Fenster. Sie sahen tatsächlich ziemlich müde aus. Trotzdem begrüßten sie die drei !!! mit einem herzlichen Lächeln. »Habt ihr gut geschlafen?«, fragte Doc Vic und goss sich etwas Milch in den Kaffee.

»Wunderbar!«, sagte Kim. »Es hätte nur ein bisschen länger sein können.«

»Warum habt ihr denn nicht einfach ausgeschlafen?«, fragte die Leiterin. »Paul liegt auch noch im Bett. Das Reiterfest beginnt doch erst um 12:00 Uhr.«

Franzi schüttelte den Kopf. »Wir haben davor aber noch einiges zu erledigen.«

Herr Winkler nickte. »Stimmt, ich hatte ganz vergessen, dass die drei Detektivinnen ja einen Auftrag haben.« Es war ihm deutlich anzusehen, dass er mit der Sache nicht ganz einverstanden war. »Ihr passt aber bitte auf!«, sagte er.

»Papa«, rief Franzi entrüstet. »Wir sind keine Anfängerinnen! Wir haben schon über fünfzig Fälle gelöst!«
Herr Winkler seufzte. »Schon gut.«
Doc Vic klopfte ihm auf die Schulter. »Die Mädchen wissen schon, was sie tun!« Sie nickte den drei !!! zu. »Ich habe euch, wie besprochen, drei Fahrräder besorgen lassen. Sie stehen auf dem kleinen Parkplatz.« Die blonde Frau sah auf ihre Armbanduhr und trank ihren Kaffee aus. »Bitte entschuldigt mich jetzt, ich muss noch mal schnell ins Büro.«
»Eine kurze Frage noch!«, rief Kim plötzlich. »Dieser Landwirt, auf dessen Feld die Pferde gelaufen sind, hat etwas Merkwürdiges gesagt: Irgendetwas davon, dass man ihm sein Land wegnehmen wollte …«
Doc Vic sah Kim verwirrt an. »Das habe ich gar nicht mitbekommen. Kein Wunder, bei der Aufregung, die geherrscht hat.« Sie stand auf. »Aber wahrscheinlich meinte Herr Wagner diesen alten Plan. Ganz am Anfang, als das Takhi-Tal in der Entstehungsphase war, gab es mal die Idee, ein Stück von seinem Feld mit einzubeziehen. Aber das wurde dann doch auf Eis gelegt.«
Kim strubbelte sich nervös durch ihre kurzen braunen Haare. »Auf Eis gelegt«, wiederholte sie. »Das heißt, die Sache ist noch nicht ganz vom Tisch?«
Doc Vic nickte. »Ja, das stimmt. Wenn unser Renaturierungsprojekt auf dem Gelände erfolgreich ist, wird man sicherlich in ein paar Jahren daran denken, es zu vergrößern. Dann müsste Herr Wagner Land an die Kommune abgeben.«
Kim nickte nachdenklich. »Alles klar, danke!«

Als sie eine Stunde später nach einem schnellen Frühstück über den Feldweg radelten, fragte Marie: »Du meinst also, dass der Bauer die Pferde selbst auf sein Land gescheucht haben könnte?«

Kim trat kräftig in die Pedale und nickte. »Das könnte doch sein. Wenn bekannt wird, dass zwei Pferde aus dem Reservat ausgebrochen sind und dabei ein Feld beschädigt haben, ist das keine gute Werbung für das Takhi-Tal.« Kim wich einem großen Stein in der Mitte des Weges aus. »Dann denken die Leute, dass das Wildpferdeprojekt nicht sicher ist, und reden schlecht darüber …« Kim schnappte nach Luft.

»Und keiner kommt mehr zu den Führungen«, ergänzte Franzi.

»Dem Takhi-Tal geht das Geld aus – und fertig: Der Landwirt muss keine Angst mehr haben, dass es vergrößert wird und er sein Feld verliert.«

»Genau«, sagte Kim und wischte sich ein paar Schweißperlen von der Stirn. »Verdammt, ist das warm!« Sie holte tief Luft. »Wir müssen den Mann schnellstens unter die Lupe nehmen!«

»Auf jeden Fall«, stimmte Franzi zu.

Marie nickte. »Aber erst mal sehen wir uns die Ausbruchstelle von gestern in Ruhe an.« Sie deutete zur linken Seite. »Dahinten ist das Westtor!«

Die restlichen Meter legten sie schweigend zurück. Franzi erreichte als Erste das Gatter. Als sie bremste, stieg eine große Staubwolke auf und sie musste husten. »Der Boden ist total ausgetrocknet und hart«, sagte sie schließlich. »Ob man da irgendwelche Spuren findet?«

Kim und Marie sprangen von den Rädern und legten sie im dürren Gras ab. Kim zog ihren Rucksack mit der mobilen Detektivausrüstung vom Gepäckträger und schulterte ihn. Sie lief zum Tor. »Du hast recht. Keine einzige Hufspur, natürlich auch keine Fußabdrücke.« Sie kniete sich hin und betrachtete den Boden. »Nur jede Menge niedergetrampeltes Gras.«

»Das sieht ja aus, als wäre eine ganze Herde von Pferden drübergelaufen«, stellte Marie fest.

Franzi richtete sich erschreckt auf. »Du meinst, die sind jetzt alle weg?« Sie lief zum Zaun und sah aufs Gelände. Dann atmete sie erleichtert auf. »Ich kann sie sehen. Die komplette Herde steht dahinten beim Steinbruch.«

Marie stützte sich mit den Ellbogen auf dem Zaun ab. »Stimmt! Und guck mal, der eine winzige weiße Punkt! Das muss das Fohlen sein.« Sie lächelte. »Der Kleine ist wirklich total süß. Ich bin froh, dass ihm gestern nichts passiert ist!«

Franzi nickte. »Allerdings!« Sie sah zum Maisfeld hinüber. »Auf der anderen Seite führt die Landstraße vorbei. Ich mag gar nicht daran denken, was geschehen wäre, wenn Tsetse, Temudschin und womöglich die anderen Pferde dahin gelaufen wären.«

Marie nickte und blickte nachdenklich auf den Sandrasenboden vor sich. Plötzlich zuckte sie zusammen. »Was ist denn das?« Sie schlüpfte durch den Zaun und lief ein Stück aufs Gelände. Mit spitzen Fingern hob sie etwas auf. »Ein Bonbonpapier!«

Kim und Franzi kletterten ebenfalls zwischen den Holzstreben durch und liefen zu Marie.

»Interessant«, sagte Kim. Sie betrachtete das blaue, zerknitterte Papier in Maries Hand. »Es sieht nicht so aus, als hätte es schon lange hier gelegen.«
»Es dürfte hier überhaupt nicht liegen«, sagte Franzi entrüstet. »Was macht Müll in einem Wildpferdereservat?!« Sie scannte den Boden unter ihren Füßen. Nach einigen Sekunden sog sie scharf die Luft ein. »Ich fasse es nicht, da liegen Bonbons herum!«
Kim zog einen Plastikbeutel aus ihrem Rucksack und lief zu Franzi. Sie nickte. »Das ist ein ganzer Haufen, einige sind zersplittert.« Sie tupfte vorsichtig auf eines der Bonbons. »Die sind ganz klebrig!«
»Weil sie wahrscheinlich aus dem Maul eines Pferdes rausgefallen sind, das damit gefüttert wurde!«, rief Franzi und schüttelte den Kopf. »Hoffentlich haben die Tiere nicht zu viel von dem süßen Zeug gefressen. Das ist total schädlich für sie!«
Kim sammelte die Bonbons ein und ließ sie zusammen mit dem Papier in die Tüte gleiten. Sie wischte sich die Finger am Gras ab. »Ihr wisst, was das wahrscheinlich bedeutet?«, fragte sie leise.
»Und ob!«, schnaubte Franzi wütend. »Jemand hat die Pferde mit dem Süßkram angelockt und sie dann durchs Tor nach draußen gescheucht!«
»Sehe ich genauso!«, sagte Kim und verstaute die Tüte in ihrem Rucksack. Sie verschränkte die Arme vor der Brust. »Also, Mädels, wir müssen schnellstens herauskriegen, woher diese Bonbons stammen!«
Franzi nickte. Sie sah mit zusammengekniffenen Augen zu

der Herde. »Zum Glück scheint keines der Tiere eine Kolik bekommen zu haben. Sie grasen friedlich vor sich hin.«
»Aber was ist dahinten los?«, fragte Marie plötzlich. Sie deutete zu den Felsen neben einem lichten Wäldchen zu ihrer Rechten. »Da klettert was im Felsen herum!«
Franzi riss die Augen auf. »Ein Pferd ist das jedenfalls nicht«, stellte sie fest. »Das könnte da nicht so herumbalancieren. Gibt es hier auch Ziegen oder so?«
»Nicht, dass ich wüsste«, antwortete Kim. »Auf der Homepage stand jedenfalls nichts davon.« Sie schirmte ihre Augen mit der Hand gegen die Sonne ab und sah angestrengt zu dem Felsen. »Es ist außerdem viel zu groß für eine Ziege …«
»Jetzt richtet es sich auf«, rief Marie dazwischen. »Leute, das ist ein Mensch!«
»Ist das vielleicht ein Mitarbeiter vom Takhi-Tal, der nachsieht, ob alles in Ordnung ist?«, mutmaßte Kim.
Franzi schüttelte den Kopf. »Warum sollte der denn auf den Felsen herumsteigen?«
»Womöglich ist das der Verbrecher, der die Pferde letzte Nacht aufgescheucht hat!«, sagte Marie aufgeregt. »Los, wir müssen hinterher, bevor wieder etwas passiert!«
Sie rannten an der Umzäunung entlang, bis sie auf der Höhe des Wäldchens waren. Franzi warf ihre Jacke über das schmale Kabel der Elektrosicherung, das knapp über der obersten Holzlatte gespannt war. Dann kletterten sie über den Zaun und liefen auf das Gelände hinaus.
»Da, jetzt ist er hinter dem Gebüsch abgetaucht!«, rief Marie. »Neben den drei kleinen Bäumen auf dem Felsen.«
Sie liefen schneller.

Als sie bei dem Felsen angekommen waren, meinte Franzi kurz, eine Bewegung zu sehen. Als sie jedoch das sanft ansteigende Gestein hochgeklettert war und direkt vor dem Busch stand, konnte sie niemanden entdecken.
»Das gibt's doch nicht!«, rief Marie. »Hier war eben eindeutig jemand! Der kann sich doch nicht in Luft aufgelöst haben!« Sie spähte hinter die Baumgruppe.
Kim kam keuchend neben ihnen zu stehen. »Vielleicht war es doch ein Tier und es ist auf die Bäume geklettert!«
Marie sah nach oben. »Da ist nichts«, sagte sie nach einer Weile und lief zwei Schritte weiter. Plötzlich stieß sie einen spitzen Schrei aus. Sie hielt sich an einem Ast fest und deutete auf den Boden. »Seht mal!«
Franzi erstarrte. Knapp vor Maries Schuhspitzen befand sich eine viereckige dunkle Öffnung im Gestein!
»Das ist ein Schacht«, sagte Kim und trat näher. Sie kniete sich hin. »Da sind Treppen in den Fels geschlagen, es geht mindestens drei Meter runter!«
»Und ich wäre da beinahe hineingefallen!« Marie schüttelte entsetzt den Kopf. »Wie kommt so etwas hierher?«
Kim tippte auf eine verrostete Metallplatte, die neben dem Schacht lag. »Das hier sieht aus wie eine Tür. Ich nehme an, dass das Loch früher damit verschlossen war.« Sie richtete sich wieder auf. »Das ist wahrscheinlich der Zugang zu einem alten unterirdischen Bunker. Das Gelände hier wurde vor vielen Jahren mal als militärischer Übungsplatz benutzt.«
Franzi und Marie nickten. »Klingt logisch«, murmelte Franzi. Sie deutete zur Bunkertür. »Lange kann die hier übrigens noch nicht liegen.«

Marie zog verwundert die Augenbrauen hoch. »Woher willst du das wissen?«
Franzi zupfte ein paar lange Gräser ab, die unter der Metallplatte herausragten. »Die hätten da nicht wachsen können, wenn die Platte schon länger da gewesen wäre. Sie muss vor Kurzem draufgelegt worden sein.«
Kim nickte anerkennend. »Logisch!« Dann sah sie Franzi und Marie alarmiert an. »Und das bedeutet …«
»Dass die Person, die wir vorhin noch gesehen habe, sehr wahrscheinlich hier drin verschwunden ist!«, vollendete Marie ihren Satz. Sie schlang die Arme um ihren Oberkörper. »Das ist ziemlich unheimlich!«
Franzi spürte, wie es in ihrem Bauch zu kribbeln begann. »Leute, das ist vielleicht der absolute Klassiker: Ein Verbrecher hat vor Jahren seine Diebesbeute hier versteckt und will sie sich jetzt holen. Er war letzte Nacht schon da, wusste aber nicht, dass der verlassene Truppenübungsplatz von damals mittlerweile ein Wildpferdereservat ist. Er ist überraschend auf die Pferde getroffen, hat sich erschrocken und ist wieder abgehauen, und die Pferde sind ebenfalls nervös geworden und über das Gatter gesprungen. Und jetzt versucht er erneut, an seine Beute zu kommen!« Franzis Wangen glühten. »Wir schieben jetzt einfach diese Tür wieder vor den Eingang, setzen uns drauf und dann rufen wir Kommissar Peters an.«
»Mal ganz langsam!«, sagte Kim. »Was ist, wenn da doch niemand drin ist? Wie peinlich wäre das denn, wenn der Kommissar extra hierherkommt!« Sie biss sich auf die Lippe und sah zu der Pferdeherde hinüber, die in hundert Metern Ent-

fernung gemächlich vor sich hin graste. »Außerdem sind die Takhis ganz ruhig – obwohl wir hier gerade zu dritt auf ihrem Gelände sind. Die sind Menschen immer noch gewohnt. Ich glaube nicht, dass eine einzelne Person sie so nervös machen könnte, dass sie über einen hohen Zaun springen!«
Marie trat ungeduldig von einem Bein aufs andere. »Egal, was letzte Nacht los war, ich finde, wir sollten *jetzt sofort* nachsehen, ob da unten jemand ist!«
Kim nickte. »Stimmt.« Sie zog eine Mini-Taschenlampe aus ihrer Hosentasche. »Habt ihr eure Lampen dabei?«
Franzi und Marie grinsten. »Immer!«, sagten sie wie aus einem Mund.
Marie zog an der langen Silberkette, die um ihren Hals hing, und eine schmale Stiftlampe kam unter ihrem T-Shirt zum Vorschein. Franzi griff in die Seitentasche ihrer Cargohose und holte ebenfalls eine kleine Taschenlampe hervor. Sie knipste sie an und stieg in den Schacht ein.
Im Lichtkegel erschienen grob ins Gestein geschlagene Treppenstufen, die steil in die Tiefe führten. Die drei Mädchen kletterten vorsichtig hinab. Nach etwa drei Metern endete die Treppe in einem gemauerten Tunnel. Es roch modrig und der Boden war stellenweise mit Wasserpfützen bedeckt. Franzi wich einer großen Pfütze aus und lief weiter. Mehrere Meter ging es schnurgeradeaus, dann knickte der Gang um 90 Grad ab. Es gab einige Durchbrüche an den Seiten, über denen Schilder angebracht waren. Kim leuchtete auf eines. »Munitionskammer«, las sie vor. Sie nickte. »Das hier ist definitiv eine alte Bunkeranlage aus den Zeiten des Truppenübungsplatzes!«

»Seid mal still!«, rief Marie plötzlich leise. »Ich glaube, da vorne ist was!« Sie knipste ihre Taschenlampe aus. Kim und Franzi taten sofort das Gleiche. Schweigend starrten sie zum Ende des Tunnels. Eindeutig: Dort war ein starker Lichtschein zu sehen. Und jetzt waren Stimmen zu hören! Franzi spürte, wie es ihr eiskalt den Rücken hinunterlief.

Sie schlichen auf leisen Sohlen weiter. Das Licht wurde immer stärker. Als sie den Durchgang erreicht hatten, aus dem das grelle Licht floss, drängten sie sich an die Wand.

»Was ist denn das?«, flüsterte Marie. »Wieso gibt es hier unten eine Flutlichtanlage?« Sie wagte einen Blick um die Ecke und zog den Kopf sofort wieder zurück. »Da sind ein Mann und eine Frau«, flüsterte sie. »Sie haben Kameras.«

»Lass mich mal sehen«, sagte Kim und drängte sich an Marie vorbei. Es knirschte laut. Kim musste auf einen Steinsplitter getreten sein. Sie zog sich sofort wieder zurück, trat dabei aber wieder auf einen Stein. Erneut schallte ein lautes Geräusch durch den Tunnel. Kim schlug sich die Hand vor den Mund. Sie sah ihre Freundinnen entschuldigend an.

Die drei !!! hielten den Atem an.

»Hast du das gehört?«, erklang eine verwunderte männliche Stimme.

»Ja!«, antwortete eine Frauenstimme.

Eilige Schritte kamen näher. Bevor die drei Mädchen reagieren konnten, stand eine junge Frau in Jeans und einem dunklen Kapuzenpulli vor ihnen. Sie riss die Augen auf und taumelte zurück. »Tim!«, schrie sie. »Da sind irgendwelche Leute!«

Kim, Franzi und Marie wechselten einen Blick. Franzi nickte.

Sie stürmten gemeinsam nach vorne. Und prallten mit einem Mann zusammen! Mit einem Aufschrei ging er rückwärts zu Boden.
»Hilfe!«, rief die junge Frau. Sie starrte die drei !!! panisch an. »Was wollt ihr hier?«
Franzi sah, dass sie eine Kamera mit einem großen Objektiv um den Hals hängen hatte. Der Mann rappelte sich hoch und rieb sich das Hinterteil. Er verzog den Mund. »Was soll das? Warum kommt ihr hier wie ein Sonderkommando hereingestürmt, als wolltet ihr einen Verbrecher verhaften?«
Franzi räusperte sich. Sie starrte auf die beiden Scheinwerfer, die auf Stativen montiert waren und den Raum bis in den letzten Winkel ausleuchteten. Ein Rucksack lag geöffnet auf dem Boden. Mehrere Objektive unterschiedlicher Länge ragten daraus hervor.
»Sie fotografieren hier?«, fragte sie schließlich.
Der Mann nickte. »Ja, klar!«
»Ähm, und *was*?«, wollte Marie wissen. Sie verschränkte die Arme vor der Brust.
Die Frau machte eine weit ausholende Bewegung mit dem Arm. »Na, diese fantastische Bunkeranlage!« Sie lief zu einer Wand, an der eine Reihe Klappbetten befestigt waren. Sie waren verstaubt und von einem feinen Gespinst aus Spinnweben umgeben, aber ansonsten gut erhalten. Sogar Kissen und sauber gefaltete Decken lagen noch darauf. Die junge Frau lächelte. »Es ist wunderbar, dass dieser Ort all die Jahre so gut überstanden hat. Ich kenne ihn von früher. Wir haben als Kinder hier gespielt, nachdem der Truppenübungsplatz geräumt und sich selbst überlassen wurde. Dabei haben wir

den unterirdischen Bunker entdeckt. Damals fand ich es einfach nur spannend.« Sie seufzte. »Aber heute schätze ich diese ganz besondere Ästhetik des Verlassenen und Vergangenen, das in der Dunkelheit konserviert ist und, durch den Künstler ins rechte Licht gesetzt, quasi zur Reanimation geführt wird.«

»Aha«, sagte Franzi.

Kim und Marie nickten langsam.

Tim grinste. Er schien zu ahnen, dass die drei Mädchen nicht ganz verstanden, um was es der Frau ging. »Iris und ich studieren Fotografie«, erklärte er. »Wir wollen für eine Projektarbeit eine Serie von künstlerischen Fotos von alten Gebäuden und verlassenen Orten machen. Und da ist Iris der alte Truppenübungsplatz wieder eingefallen.« Er zog ein Kärtchen aus seiner Hosentasche und hielt es Franzi hin. »Wir haben auch eine Homepage zu unserem Projekt *Wiederbelebung*. Die Adresse steht hier drauf. Ihr könnt euch die Fotos ja mal ansehen.« Er zwinkerte. »Die Sachen sind nämlich nicht nur künstlerisch und ästhetisch, sondern einfach spannend.«

Franzi nahm die Karte. »Danke!«

Marie räusperte sich. »Sagt mal, wart ihr zufällig gestern Nacht auch schon hier?«

»Nein.« Die junge Frau zog erstaunt die Augenbrauen hoch. »Wieso das denn? Auch wenn ich das Gelände gut kenne, nachts würde ich hier nicht herumlaufen. Das ist viel zu gefährlich.« Sie seufzte. »Es hat sich ja doch einiges verändert. Früher stand das Gras kniehoch und es gab auch noch nicht diesen massiven Holzzaun und …«

»Da hat es ja das Takhi-Tal noch nicht gegeben«, unterbrach Kim sie. »Ihr wisst schon, dass ihr euch hier auf einem Naturschutzreservat bewegt?«
»Wie bitte?« Jetzt verstand Tim nicht ganz. »Was für ein Ding?«
Die drei !!! erklärten es den Kunststudenten in kurzen Worten. Die beiden waren beeindruckt.
Iris lächelte verzückt. »*Urwildpferde*!«, rief sie aus. »Wie wild und romantisch! Das ist ja auch eine Art Reanimation des Vergangenen!« Sie sah Tim an und nickte. »Also, wir machen unsere Serie hier unten heute noch fertig – und dann betreten wir das Gelände nicht mehr. Versprochen!«
»Super!«, sagte Franzi. Sie sah auf ihre Armbanduhr und nickte Kim und Marie zu. »Und jetzt müssen wir uns beeilen. In einer halben Stunde wird das Reiterfest eröffnet!«

Pferd im Eimer

Auf Gut Rosenthal herrschte reger Betrieb, als die drei !!! auf ihren Rädern durch die Einfahrt rollten. Mehrere Autos mit Pferdeanhängern standen auf dem Vorplatz vor der Reithalle, mindestens zehn Ponys und Pferde waren auf dem Putzplatz angebunden und darum herum wuselten zahlreiche Kinder und Jugendliche. Die Mädchen schoben die Räder zwischen den gedeckten Bierbänken und -tischen auf dem Hof vorbei und stellten sie an einer Scheune ab.

»So, jetzt machen wir erst mal unseren Job«, sagte Kim. »Nachher sehen wir Franzi bei den Reiterspielen zu, und dann müssen wir dringend eine Clubsitzung abhalten!«

Marie und Franzi grinsten. »Alles klar, Chef!«, rief Franzi. »Aber als Allererstes muss ich nachsehen, ob es Tinka und Polly gut geht! Ich bin in fünfzehn Minuten wieder hier, okay?«

»Klar!«, sagte Kim. »Marie und ich lassen uns dann schon mal erklären, was wir beim Essensverkauf machen sollen.«

Franzi lief an der Reithalle vorbei zu den Paddockställen. Die meisten Pferde und Ponys hatten vor der Mittagshitze und den lästigen Fliegen von der Weide Zuflucht in ihren Boxen gesucht. Auch Tinka und Pauls kleine Mongolenstute standen in ihren Boxen und dösten vor sich hin. Franzi kraulte ihrem Pony kurz die Stirn und verabschiedete sich, nachdem sie noch schnell Pollys Wassernapf neu befüllt hatte. Das Huhn saß auf einem Strohballen in der Ecke und gackerte schläfrig vor sich hin. »Ich wünsch euch weiterhin

einen guten Mittagsschlaf«, sagte Franzi grinsend und schloss den Riegel der Boxentür.
Als sie zurück zum Innenhof kam, waren Marie und Kim zusammen mit Evi beim Essensstand bereits vollauf damit beschäftigt, Essen und Getränke zu verkaufen. Die meisten Tische waren schon voll besetzt mit Leuten, die sich hungrig über den Imbiss hermachten. Franzi schnappte sich die blütenweiße Schürze, die Evi ihr hinhielt, und band sie sich um.
»Super, dass du da bist!«, rief die Pferdewirtin. »Ich muss dringend weg und Doc Vic und Tom beim Aufbauen des Parcours helfen.« Sie verdrehte die Augen. »Das sollte eigentlich Serge machen, aber der hat sich vorhin abgemeldet, weil er wegen einer plötzlichen Familienangelegenheit nach Billershausen musste.« Evi schüttelte den Kopf. »Er kommt erst morgen wieder zurück. Doc Vic ist stinksauer!« Sie zog die Schürze aus und legte sie auf einer Getränkekiste ab. »Also, ich bin rechtzeitig vor den Reiterspielen wieder da und übernehme. Ihr kommt bis dahin zurecht?«
Die drei !!! nickten. »Klar! Alles kein Problem!«, rief Kim und stellte zwei randvoll gefüllte Schalen auf dem Tresen ab. »So, einmal *Buuz* und einmal *Huuschuur.*«
Franzi kicherte. »Was soll das denn sein?«
»Das sind sozusagen mongolische Maultaschen«, antwortete Kim. »Einmal gedämpft und einmal gebraten! Köstlich, sage ich dir.« Sie drückte Franzi den Schöpflöffel in die Hand. »Du kannst hier weitermachen. Ich gehe an die Kasse.«
Franzi nickte und nahm gleich die nächste Bestellung auf. Sie waren schnell ein eingespieltes Team und die nächste Dreiviertelstunde arbeiteten sie hoch konzentriert. Dann ka-

men allmählich immer weniger Leute und sie konnten etwas durchschnaufen und sich unterhalten.
»Wir haben vorhin deinen Vater getroffen«, sagte Marie. »Wir haben ihm von den Bonbons auf dem Takhi-Gelände erzählt.«
»Sehr gut«, sagte Franzi, während sie die Theke abwischte. »Und, er ist bestimmt gleich losgefahren und sieht jetzt nach den Pferden, oder?«
Kim nickte. »Genau!«
»Gut, ich hoffe, alles ist wirklich in Ordnung!« Franzi sah auf die Uhr. »Ist es okay für euch, wenn ich jetzt schon gehe? Ich muss Tinka noch putzen und mich mit ihr ein bisschen auf die Reiterspiele einstimmen.«
Marie grinste. »Machst du mit ihr auch den Powerspruch? Du hebst die Hände und sie macht Männchen?«
Franzi boxte ihrer Freundin gegen die Schulter. »Quatsch! Außerdem machen Pferde kein Männchen. Sie steigen!«
»Ja, ja!«, sagte Marie grinsend. »Jetzt geh schon! Und toi, toi, toi für nachher. Du gewinnst!«
Sie klatschten sich lachend ab.

Eine Dreiviertelstunde später führte Franzi Tinka zum Reitplatz. Das Pony hielt den Kopf stolz erhoben und spitzte aufmerksam die Ohren. Sein frisch gestriegeltes Fell glänzte in der Sonne wie schwarzer Samt. Paul stand mit Ajuna vor der großen Tafel, die am Rand aufgestellt war. Er winkte Franzi zu. »Hast du schon gesehen, wir sind beim mongolischen Besenpolo in einer Mannschaft!« Der Junge lächelte. »Das wird bestimmt lustig!«

Franzi nickte. Sie holten sich ihre Besen bei Tom ab, saßen auf und ritten auf den Platz ein, auf dem ihre beiden Mitspieler mit ihren Ponys und die gegnerische Mannschaft bereits warteten. An den Enden des Platzes befanden sich jeweils zwei Tonnen, die die Tore markierten.
Der Gutsbesitzer schnappte sich ein Mikro und begrüßte alle Teilnehmer und Zuschauer herzlich zu den ersten mongolischen Reiterspielen des Gutshofs Rosenthal. Er dankte den Sponsoren und machte dezent darauf aufmerksam, dass durch das Fest in erster Linie Spenden für das Takhi-Tal gesammelt wurden. Dann verneigte er sich vor den beiden Mannschaften auf dem Platz. »Das Spiel beginnt!«, rief er und blies in eine Trillerpfeife. Julie ließ einen großen Gummiball in die Mitte des Spielfeldes rollen. Sofort stürzten sich alle acht Reiter mit ihren Pferden darauf. Paul erreichte den Ball mit seinem Besen als Erster. Er lenkte Ajuna geschickt an einem gegnerischen Pferd vorbei, führte den Ball mit dem Besen einige Meter in Richtung Tor – und wurde dann von einem dicken Shetlandpony mit einer dünnen Reiterin darauf ausgebremst. Im letzten Moment spielte Paul den Ball an Franzi und Tinka ab. Das Pony raste los, und bevor Franzi den Ball mit dem Besen berühren konnte, stieß es die Gummikugel mit dem Kopf an, rannte weiter, kickte mit dem rechten Vorderhuf nach. Die Zuschauer jubelten und feuerten sie an. Franzi grinste. Es war sehr praktisch, dass Tinka so gut mit ihrem Ball trainiert hatte! Sie selbst musste jetzt eigentlich nur noch zusehen, dass sie im Sattel blieb. Tinka schnaubte und gab dem Ball einen kraftvollen Tritt in Richtung der beiden Tonnen. Franzi sah aus dem Augenwinkel,

wie Kim und Marie auf und ab hüpften. Sie rissen die Arme hoch und riefen etwas, das wie »Tinkafranzi vor, jetzt ein Tor!« klang. Im nächsten Moment rief Tom Rosenthal: »Und Toor! Franzi Winkler mit Tinka, oder besser: Tinka mit Franzi schießt das erste Tor in diesem aufregenden Spiel!«

Franzi und ihre Mannschaft rissen die Arme hoch. Paul galoppierte dicht an ihnen vorbei. »Weiter so«, rief er.

Und es ging so weiter. Tinka schoss drei weitere Tore und ihre Mannschaft siegte überlegen mit einem 7:1. Marie und Kim winkten Franzi begeistert zu.

Nach dem Besen-Polo folgte der *Slalom durch die Wüste Gobi.* Ein Parcours über verschiedene Hindernisse musste überwunden werden, wobei nicht die Pferde, sondern ihre Reiter springen sollten. Franzi lachte sich schlapp, nachdem sie eine Hechtrolle über eine kniehohe Stangenkombination gemacht hatte. Tinka hatte etwas verwirrt ausgesehen, war aber vollkommen ruhig stehen geblieben. Erst als Franzi wieder aufgestanden war und sich den Sand aus der Hose geklopft hatte, hatte sie laut gewiehert und ihr einen Stups verpasst, der sie einen halben Meter weiter nach vorne beförderte. Es sah wirklich so aus, als wolle Tinka Franzi für ihren wagemutigen Supersprung loben!

Das Manöver klappte nicht bei allen Teilnehmern so reibungslos. Besonders Paul hatte Schwierigkeiten mit Ajuna, die es einfach nicht begreifen wollte, dass sie nicht springen durfte. Beim dritten Hindernis schien es dem Pony zu reichen. Es riss sich los und sprang einfach den gesamten Parcours ohne Reiter durch. Ein Extra-Applaus folgte.

Schließlich kündigte Tom den letzten Wettbewerb an. Er grinste. »Ihr habt bislang alle großartig mitgemacht. Der Schweiß fließt in Strömen, ich sehe rote Wangen bei den Reitern und auch die Pferde sind, nun, wie soll man sagen, wahrscheinlich *ganz schön im Eimer.*« Die Zuschauer lachten.

»Also, jetzt kommt die letzte Etappe unserer Reiterspiele: *Pferd im Eimer!*«

Franzi klopfte Tinkas Hals und grinste. Damit konnte nur eins gemeint sein: die Vertrauensübung, bei der die Pferde mit allen vier Beinen in Plastikeimern ganz ruhig stehen sollten. Das war ja wohl ein Kinderspiel!

Tatsächlich schaffte Tinka auch diese Übung mit Bravour. Glücklich nahm Franzi einige Minuten später den ersten Preis von Tom entgegen: eine echte mongolische Pferdedecke mit schönen Stickereien. Franzi bedankte sich strahlend, legte die Decke Tinka über den Rücken und verließ mit ihr unter dem begeisterten Applaus der Zuschauer den Platz.

Paul und Ajuna warteten am Rand auf sie. »Glückwunsch!«, sagte der Junge. »Ihr seid echt ein tolles Team!«

»Danke! Du und Ajuna aber auch«, antwortete Franzi.

»Na ja, geht so«, murmelte Paul.

Franzi legte einen Arm um den Jungen. »Komm schon, ihr wart wirklich gut! Spätestens in zwei Jahren überflügelt ihr Tinka und mich locker!«

Paul grinste schief. »Das sagst du jetzt so …«

»Nein, ich meine es so!«, beharrte Franzi. »Du warst heute, glaube ich, ziemlich nervös. Das färbt aufs Pferd ab.«

Paul zuckte mit den Schultern. »Ja, kann schon sein.«

Sie rieben die Ponys trocken, kratzten die Hufe aus und führten sie in ihre Boxen. Als Franzi sich von Tinka verabschiedete, pickte Polly flügelschlagend auf ihrem Strohballen herum. »Ganz ruhig. Jetzt hast du deine Freundin ja wieder«, murmelte Franzi und strich dem Huhn behutsam über den Kopf. Polly wurde sofort ruhiger, kniff ein Auge zu und sah zwischen Franzi und Tinka hin und her. »Verrücktes Huhn«, flüsterte Franzi und lächelte. Sie lief mit Paul zusammen zurück zum Hof. Kurz vor dem Haupthaus winkte der Junge ihr zu und sagte: »Ich hab noch was zu tun. Seid ihr heute Abend beim Lagerfeuer dabei?«

Franzi nickte. »Ja, klar!«

»Bis dann!«

Franzi schüttelte den Kopf. Der Junge wirkte sehr bedrückt. Sie nahm sich vor, ihn bei der nächsten Gelegenheit noch mal anzusprechen.

»Endlich! He, Franzi, hier sind wir!«, ertönte es von der Seite. Marie und Kim saßen auf der Treppe vor dem Haupthaus und hatten Colaflaschen in den Händen. Marie reichte ihr eine eiskalte Flasche. »Wir feiern die Gewinnerin des mongolischen Reiterfestes!«, rief sie und klopfte Franzi auf die Schulter. »Das hast du zusammen mit Tinka hammermäßig gemacht!«

»Danke!« Freudestrahlend stieß Franzi mit ihren Freundinnen an und trank einen großen Schluck Cola. Als sie die Flasche vor sich auf der Treppe abstellte, reckte Kim plötzlich den Hals. »Seht mal! Dahinten stehen dein Vater und Doc Vic!«, sagte sie. »Die sehen aber ernst aus.«

Franzi sah zu den beiden rüber und hatte sofort ein sehr

merkwürdiges Gefühl. Ihr Vater machte einen angespannten Eindruck, während er auf Doc Vic einredete, und die blonde Frau fuhr sich jetzt nervös durch die Haare.

»Da stimmt doch was nicht!«, murmelte Franzi. »Ich geh mal schnell zu den beiden rüber.«

Herr Winkler lächelte zwar, als er Franzi begrüßte, aber seine Augen blieben weiterhin ernst.

»Was ist passiert?«, fragte Franzi sofort. »Ist etwas mit den Wildpferden? Haben sie diese Bonbons nicht vertragen und sind jetzt krank?«

»Nein«, sagte ihr Vater mit ruhiger Stimme. »Den Tieren geht es gut. Die Herde grast nach wie vor in der Nähe des Westtors und es scheint alles mit ihnen in Ordnung zu sein …« Er sog scharf die Luft ein. »Allerdings habe ich eine andere unerfreuliche Entdeckung gemacht.«

Franzi zuckte zusammen. »Was?«

»Ich bin auf dem Rückweg noch mal an der Stelle mit dem Tümpel vorbeigefahren. Es war einfach so eine Eingebung. Und dann habe ich gesehen, dass dort jemand einen großen Haufen mit Eichenlaub abgelegt hat – mit grünen Eichelfrüchten daran.«

Franzi stockte der Atem. »Die sind giftig für Pferde!«

Doc Vic schüttelte langsam den Kopf. »So pauschal kann man das nicht sagen. Für manche Pferde sind Eicheln ein echter Leckerbissen. Wenn sie nicht zu viele davon fressen, ist das in Ordnung. Allerdings kann es passieren, dass sie sich daran überfressen und dann schwere Koliken bekommen.« Doc Vic biss sich auf die Lippe. »Besonders grüne Eicheln sind wirklich problematisch.«

»Erst diese Bonbons, die ihr gefunden habt, jetzt die Eicheln«, murmelte Herr Winkler. »Da scheint jemand unterwegs zu sein, der wirklich gar keine Ahnung hat. Weder davon, dass Wildpferde in einem Reservat nicht gefüttert werden dürfen, noch davon, dass es Dinge gibt, die man Pferden einfach nicht fressen lässt!«
Franzi wurde es zuerst ganz heiß, dann ganz kalt. »Oder er hat sehr wohl Ahnung und will den Pferden schaden«, sagte sie leise.
Doc Vic wurde immer blasser. Sie zückte ihr Handy. »Ich sage Evi und Andreas Bescheid. Wir müssen uns mit ihnen zusammensetzen und überlegen, was zu tun ist!«
Herr Winkler nickte. »Alles klar.« Er strubbelte Franzi durchs Haar. »Mach dir bitte keine Sorgen. Wir haben das im Griff! Die Tiere hatten noch nichts von den Eicheln gefressen und ich habe die Äste natürlich sofort entsorgt.«
Franzi biss sich auf die Lippe. »Ja, schon gut«, murmelte sie.
Ihr Vater nickte und lief mit Doc Vic ins Haus hinein.
Franzi seufzte. Natürlich war nichts gut! Sie lief zu Kim und Marie zurück und erzählte ihnen von der neuesten Entwicklung.
Kim trank ihre Flasche aus und stellte sie energisch auf dem Boden ab. »Ich rufe jetzt sofort zur Detektivbesprechung auf! Wir müssen dringend die weitere Vorgehensweise klären.«
»Genau«, sagte Marie. Sie sah auf ihre Uhr. »Der Lagerfeuerabend im Jurtenlager beginnt erst in zwei Stunden. Bestimmt ist da jetzt keiner. Los, lasst uns in unser Zelt gehen!«

Feuer im Takhi-Tal!

Geheimes Tagebuch von Kim Jülich
Sonntag, 6:20 Uhr

Kapiert es endlich mal!! Lesen verboten!!! Für alle!!! Und wer es trotzdem tut, soll leiden!!! Genauso leiden wie ich gerade!!!

Ich bin sauer auf Michi. Ich vermisse Michi. Ich will Michi sofort sehen. Nein, ich will Michi nie wieder sehen. Doch, ich will ihn sehen. Aber das geht jetzt nicht. Ich werd noch verrückt.

Er hat gestern Abend endlich angerufen! Ich saß gerade mit Marie, Franzi, Paul und den anderen Teilnehmern vom Reiterfest am Lagerfeuer, die Würstchen haben himmlisch geschmeckt und der Himmel war voller Sterne, und ich hab mein Handy aus der Tasche gezogen und dachte: Jetzt rufst du ihn einfach an! Dann hat es geklingelt und Michi war dran!! Das war ein total magischer Moment!

Leider hat er nicht lange angedauert – wir haben uns nämlich ziemlich schnell gestritten. Das kam so: Michi hat mich gefragt, ob ich Lust hätte, ihn zu besuchen und bei der Zimmersuche zu helfen. Ich bin echt beinahe vom Baumstamm gekippt! Jetzt fragt er das!!! Nachdem er schon über eine Woche weg ist!! Ich habe ihm erklärt, dass ich mit Marie und Franzi auf Gut Rosenthal bin und wir einen neuen Fall haben. Und da hat er sich beschwert, dass ich ihm nichts davon gesagt habe, dass ich wegfahre. Hallo?! Geht's noch?! Wer ist denn zuerst weggefahren und hat sich die ganze Zeit nicht gemeldet?! Unglaublich!!! Außerdem hat Michi scheinbar noch nicht verstanden, dass ich

jetzt hier nicht wegkann. Wir haben doch einen neuen Fall! Ich kann Franzi und Marie jetzt doch nicht im Stich lassen. Franzi verzichtet sogar auf den großen Geländeritt und Marie auf ihren Voltigierkurs, damit wir zu dritt den nächsten Ermittlungsschritt angehen können (dazu später mehr)!
Michi hatte immer Verständnis dafür, dass die Detektivarbeit vorgeht. Gestern hat er es nicht mehr verstanden und wollte herumdiskutieren. Und dann war mein Akku leer. Als ich das Handy endlich im Haupthaus an einer Steckdose hatte und ihn angerufen habe, ist er nicht mehr rangegangen!! Unmöglich!!!
Ich rufe ihn garantiert nicht mehr an!
Ich habe sowieso etwas anderes, sehr Wichtiges zu tun!!!

Detektivtagebuch von Kim Jülich
Sonntag, 7:30 Uhr
Von wegen, ›der Detektivclub macht Ferien‹ … Kaum sind wir auf dem Reiterhof angekommen, haben wir schon einen neuen Fall! Irgendjemand versucht den Przewalskipferden hier im Takhi-Tal zu schaden. Zwei Pferde sind vom Gelände gescheucht worden und es gab einen Vergiftungsversuch mit grünen Eicheln. Die Leiterin des Reservats hat jetzt Wachen abgeordnet, die Tag und Nacht das Gelände im Auge behalten. Es ist jedoch so groß, dass niemals alles überwacht werden kann. Wir müssen schnell handeln und den Täter erwischen, bevor womöglich weitere schlimme Dinge passieren!
Seit gestern Abend haben wir einen Hauptverdächtigen: den Landwirt Heribert Wagner, der einen Bauernhof an der Grenze zum Takhi-Tal betreibt. Dieser Mann hat ein starkes Motiv dafür, dem Wildpferdeprojekt zu schaden. Wenn es sich näm-

lich gut entwickelt, soll das Reservat weiter vergrößert werden. Und dann müsste der Bauer einen Teil seines Landes hergeben. Der Verdacht liegt nah, dass er deshalb einen Erfolg des Projekts verhindern will … mit allen Mitteln. Wir werden uns gleich nach dem Frühstück auf dem Hof umsehen. Paul, der Sohn der Leiterin des Wildpferdereservats, hat uns gestern Abend erzählt, dass das Gut Eichenhof heißt. Das ist doch der Hammer! Paul konnte uns nicht sagen, ob es dort tatsächlich Eichenbäume gibt, aber das werden wir gleich nachher überprüfen. Falls wir tatsächlich Eichen finden, müssen wir nur noch nachsehen, ob es frische Schnittstellen an den Ästen gibt … und dann können wir Heribert Wagner überführen!!!

Die drei !!! hatten den Eichenhof schnell gefunden, nachdem ihnen Doc Vic den Weg erklärt hatte. Das Gehöft lag in einer Talsenke unweit des Maisfelds, in dem sie vor zwei Tagen die Takhis entdeckt hatten. Sie legten die Räder im Gras ab und schlichen sich weiter heran. An der Mauer neben der Hofeinfahrt hing ein Schild, auf dem Ferienwohnungen angepriesen wurden.

»*Direkt beim Takhi-Tal: Familienurlaub auf dem Bauernhof!*«, las Kim vor. »Ganz schön clever, damit Werbung zu machen.« Sie verzog den Mund. »So gesehen müsste der Mann ja eher daran interessiert sein, dass das Reservat gut läuft, damit viele Besucher bei ihm ihre Ferienwohnung mieten.« Sie zuckte mit den Schultern. »Seltsam.«

Marie nickte. »Er scheint einiges vorzuhaben. Da vorne steht ein Rohbau. Sieht aus wie eine kleine Apartmentanlage.«

Kim nickte abwesend. Sie hatte scheinbar etwas entdeckt

und lief plötzlich schneller. »Wenn mich nicht alles täuscht, sind diese Bäume hinter dem Haus …«
»Eichen!?«, rief Franzi. Sie rannten seitlich am Gehöft vorbei und trafen auf einen kleinen Bauerngarten, der mit einer kniehohen Mauer umsäumt war. Daneben standen fünf große Bäume, deren knorrige Äste bis tief auf den Boden reichten. Die Blätter an den Ästen waren gewellt und dazwischen befanden sich Büschel mit kleinen hellgrünen, ovalen Früchten.
»Das sind eindeutig Eichen!«, rief Franzi. Sie sprang auf die Mauer und zog einen der Äste zu sich heran. »Los, wir müssen suchen. Wenn wir frische Schnittstellen finden, haben wir den Gifttäter überführt!«
Plötzlich ertönte ein lauter Schrei. Franzi fuhr herum und sah, dass der Landwirt durch den Garten gerannt kam. Sein Gesicht war vor Wut verzerrt, er hatte den Arm gehoben und die Hand zur Faust geballt. »Was treibt ihr hier?«, schrie der Mann. »Weg von meinen Bäumen, Diebe!«
Franzi zog den Kopf ein. »Wir … wir …«, stotterte sie und kam nicht weiter. Ihr Kopf war auf einmal wie leer gefegt.
»Regen Sie sich nicht auf«, sprang Marie mit ruhiger Stimme ein. »Wir wollen hier nichts stehlen!« Sie stemmte die Hände in die Seiten und sah den Landwirt kühl an. »Wir untersuchen nur gerade etwas.«
Eine steile Falte erschien auf der Stirn des Mannes. »Ich lach mich tot!«, rief er. »Aber ich lasse mich von euch nicht veräppeln. Ihr wolltet gerade Äste von meinen Eichen abschneiden! Genau wie die beiden Kerle gestern.« Er zog ein Taschentuch aus der Hosentasche und tupfte sich den Schweiß

von der Stirn. »Verdammt noch mal, ihr junges Gemüse! Ist Eichenlaubklauen jetzt ein neuer Sport, oder was?«
Den drei !!! blieb der Mund offen stehen. Marie fasste sich als Erste. Sie räusperte sich. »Jemand hat gestern Äste von Ihren Eichen gestohlen?!«
Der Mann lachte auf. »Jetzt tu doch nicht so scheinheilig! Genau das Gleiche wolltet ihr eben machen. Aber nicht mit mir!« Er knüllte das Taschentuch zusammen und stopfte es in die Hosentasche zurück. »Verschwindet sofort von hier und kommt nie wieder! Sonst rufe ich die Polizei!«
»Bitte glauben Sie uns!«, antwortete Kim. »Wir wollten uns hier nur umsehen.« Sie seufzte. »Gestern hat ein Unbekannter auf dem Gelände des Takhi-Tals frisches Eichenlaub mit grünen Eicheln ausgebracht. Wenn die Pferde davon gefressen hätten, wäre das eine Katastrophe gewesen. Wir wollen denjenigen finden, der so etwas macht!«
»Was?« Der Landwirt riss die Augen auf. »Das ist schlimm. Tiere vergiften! Wer macht so etwas?« Er schüttelte den Kopf. »Wenn ich mir vorstelle, dass das jemand mit meinen Pferden oder Kühen machen könnte, wird mir ganz schlecht!«
Die drei !!! sahen sich verunsichert an. Der Mann schien ehrlich erschrocken zu sein. Oder war er einfach nur ein guter Schauspieler?
Franzi beschloss, dem Bauern zunächst einmal zu vertrauen. »Es ist anzunehmen, dass die beiden Männer, die gestern hier waren, das Laub im Reservat abgelegt haben«, sagte sie. »Können Sie die Täter beschreiben?«
Der Mann schüttelte den Kopf. »Nicht wirklich. Das waren so junge Kerle. Vielleicht zwanzig, fünfundzwanzig Jahre alt.

Sie hatten Kleidung wie alle jungen Leute, Jeans und irgendwelche T-Shirts.«
»Aber haben Sie die Gesichter denn nicht erkennen können?« Kim kramte hektisch in ihrem Rucksack nach dem Notizbuch und einem Bleistift.
»Nein, ich habe die beiden nur vom Fenster aus gesehen und sie sind gleich geflüchtet, nachdem ich sie angeschrien hatte. Die waren zu weit weg, um die Gesichter zu erkennen.« Der Landwirt biss sich auf die Lippe. »Aber das Auto, mit dem sie geflüchtet sind, war ein Porsche. Den habe ich mir gemerkt. Ein weißer Boxter GTS.«
Kim kritzelte schnell mit.
»Haben Sie sich auch das Kennzeichen gemerkt?«, wollte Marie gespannt wissen.
Der Mann seufzte. »Nein, leider nicht. Dazu waren sie zu schnell weg.«
Enttäuscht klappte Kim das Detektivbuch zu. »Gut. Immerhin wissen wir jetzt mehr: Wir müssen nach zwei jungen Typen in einem teuren weißen Sportwagen suchen.« Sie ließ das Buch in ihren Rucksack fallen. »Eine Frage hätte ich noch an Sie.«
»Ja?« Der Landwirt sah Kim an.
»Sie vermieten Ferienwohnungen?«
»Das ist richtig«, antwortete der Mann. »Warum willst du das wissen?«
Kim kratzte sich an der Nase. »Ähm, nur so. Ich meine, Sie sind doch eigentlich Bauer, haben Sie da nicht genug zu tun?«
Der Mann lachte auf. »Mit dem kleinen Hof verdiene ich

schon lange so gut wie nichts. Die Ferienwohnungen bringen viel mehr. Ich werde ab nächstem Jahr nur noch Apartments vermieten.« Er lächelte wehmütig. »Die Pferde behalte ich. Aber ansonsten ist Schluss mit der Arbeit auf dem Feld und im Stall. Ich bin schließlich nicht mehr der Jüngste.«
»Ach so.« Kim nickte nachdenklich. »Ja, dann wünsche ich Ihnen viel Erfolg!«
»Danke«, sagte der Bauer. »Und euch viel Glück bei der Suche nach den Tätern. Ich werde ebenfalls meine Augen offen halten!«

»So schnell können sich die Dinge ändern«, sagte Marie, als sie zu ihren Rädern liefen. »Ein Verdächtiger weniger!«
»Und dafür zwei neue«, stellte Franzi fest. Sie hob ihr Rad auf.
»Wenn der Mann uns die Wahrheit gesagt hat«, warf Kim ein. »Er könnte uns aber auch eine Lügengeschichte aufgetischt haben, um von sich abzulenken.«
»Meinst du wirklich?«, fragte Franzi und stieg auf ihr Rad. »Ich fand seine Reaktion über den Giftanschlag aber sehr glaubwürdig. Er war doch total entsetzt.«
Kim stieg ebenfalls auf ihr Fahrrad und legte die Hände auf den Lenker. »Ich werde aus dem Mann einfach nicht schlau.«
»Übrigens haben wir noch zwei weitere Verdächtige auf unserer Liste«, sagte Marie. »Das Fotografen-Pärchen aus dem Bunker kann uns immerhin auch von vorne bis hinten belogen haben!«
»Stimmt!«, rief Franzi. »Wir müssen endlich die Homepage überprüfen!«

»Das können wir sofort machen!« Marie holte das Smartphone aus der Tasche ihrer Jacke und fing an zu tippen.
Plötzlich schnupperte Franzi in die Luft. »Sagt mal, riecht ihr das auch?« Sie schirmte ihre Augen gegen die Sonne ab und sah sich in alle Richtungen um. »Da muss irgendwo ein Feuer in der Nähe sein!«
Marie sah kurz auf. »Vielleicht verbrennt jemand Gartenabfälle.«
»So was ist im Sommer aber ziemlich ungewöhnlich«, meinte Franzi. »Außerdem riecht es nach verbranntem Gummi oder Plastik!«
Kim sah angestrengt über das Maisfeld. Plötzlich zuckte sie zusammen. »Dahinten am Waldrand steigt Rauch auf. Liegt in der Richtung nicht der Parkplatz vom Reservat?«
Franzi starrte auf die dichten schwarzen Schwaden, die sich am Horizont über das Feld erhoben. »Ja, dort ist die Tränke der Wildpferde.« Sie schluckte. »Verdammt, es brennt im Takhi-Tal!«

Ein furchtbarer Verdacht

Aus der Ferne erklangen plötzlich Martinshörner.
»Zum Glück!«, rief Kim. »Die Feuerwehr ist schon unterwegs.«
Sie fuhren, so schnell es auf dem zerfurchten Feldweg möglich war, und kamen nach zehn Minuten bei dem kleinen Parkplatz am Reservat an. Doc Vics Jeep, der Wagen von Franzis Vater und zwei weitere Autos standen verlassen da.
Franzi lief zum Koppelzaun vor. Die Pferde waren nicht zu sehen. Dafür erkannte sie, dass weiter rechts in ungefähr fünfzig Metern Entfernung schwarze Rauchschwaden aufstiegen. Die Sicht auf den Brandherd war durch das dichte Blattwerk großer Bäume verstellt. Aber Franzi meinte etwas Rotes durchschimmern zu sehen. »Ich glaube, da ist ein Löschfahrzeug!«, rief sie ihren Freundinnen zu. »Weiter hinten, das ist außerhalb vom Reservat.«
Sie rannten am Koppelzaun entlang, vorbei an dem Gatter, durch das der neue Hengst am Freitag gebracht worden war, und erreichten einen asphaltierten Weg, der von hohen Pappeln gesäumt war. Er führte auf ein Gelände mit einer Lagerhalle und Gebäuden aus grauem Beton.
Davor standen zwei Löschfahrzeuge. Mehrere Feuerwehrleute hielten Schläuche, aus denen Wasserfontänen auf die Lagerhalle niederprasselten.
Am Rand der Szene standen Doc Vic, Evi, Franzis Vater und weitere Mitarbeiter und diskutierten aufgeregt.
»Doc Vic«, rief Franzi atemlos. »Was ist passiert?«

Die blonde Frau drehte sich um. »Franzi!« Sie steckte ihr Handy in die Tasche. »Was genau passiert ist, wissen wir nicht. Nur, dass es an der Lagerhalle brennt.«
»Gebrannt *hat*«, sagte Herr Winkler. Er atmete erleichtert aus. »Gerade ist das Feuer erloschen.«
Tatsächlich hatte die Feuerwehr die Wasserzufuhr gestoppt und die Männer beobachteten aufmerksam die letzten Rauchschwaden, die sich verzogen.
Ein Feuerwehrmann kam auf Doc Vic zu. »Wir konnten vollständig löschen. Sie haben Glück gehabt, dass der Brand so schnell gemeldet wurde! Er hätte sich leicht über das trockene Gras auf das gesamte Gelände ausbreiten können.«
Doc Vic nickte Evi zu. »Wir waren gerade auf einem Kontrollgang beim Reservat. Meine Mitarbeiterin hat den Rauch bemerkt und sofort nachgesehen.«
»Das war sehr gut!« Der Mann nickte Evi zu. Dann wandte er sich wieder an Doc Vic. »Nur noch einmal zur Sicherheit: Ist die Information richtig, dass die Gebäude unbewohnt sind und sich keine Menschen darin befinden?«
»Das ist richtig. Es sind die alten Verwaltungsgebäude des Truppenübungsplatzes. Sie werden nicht mehr genutzt und sollen bald abgerissen werden.«
»Gut. Wir müssen das Gelände sperren, bis die Brandursache herausgefunden wurde.« Der Mann kratzte sich am Ohr.
»War es Brandstiftung?«, fragte Kim sofort.
»Das kann man zum jetzigen Zeitpunkt nicht sagen«, antwortete der Mann und machte ein ernstes Gesicht. »Die Experten vom Landeskriminalamt werden entsprechende Untersuchungen einleiten. Könnten Sie jetzt kurz mit mir zum

Wagen kommen? Wir müssten da ein paar Papiere ausfüllen.«
Doc Vic nickte. »Natürlich.« Sie sah Franzis Vater an. »Seht ihr bitte gleich nach, ob mit den Pferden alles in Ordnung ist?«
Herr Winkler lächelte. »Ich glaube, denen geht es gut. Die Herde steht da drüben!«
Franzi blickte in die Richtung, in die ihr Vater deutete, und musste augenblicklich grinsen. Die fünf Stuten und der Hengst standen auf einer leicht erhöhten Stelle des Takhi-Geländes. Sie hatten die Köpfe hoch erhoben und sahen aufmerksam zu den Feuerwehrleuten hinüber, die gerade die Schläuche einrollten. Das Fohlen tollte unbeeindruckt zwischen den anderen Pferden herum.
Doc Vic stieß einen Seufzer aus. »Bin ich froh!«
Kim sah Marie und Franzi an. »Hier können wir, glaube ich, momentan nicht viel machen. Solange die Feuerwehr da ist, können wir uns nicht in Ruhe umsehen. Lasst uns zum Hof zurückfahren.«
»Und was machen wir dann?«, fragte Franzi.
»Uns zusammensetzen und überlegen, was wir jetzt als Nächstes machen.«

Zwanzig Minuten später trafen die drei !!! auf dem beinahe menschenleeren Gut ein. Tom war noch mit der Jugendgruppe im Gelände unterwegs und die meisten Mitarbeiter machten Mittagspause. Nur Paul saß mit einem Laptop auf der Treppe zum Haupthaus in der Sonne. Er war so auf den Bildschirm konzentriert, dass er die drei Mädchen zunächst

nicht bemerkte. Erst als Kim direkt vor ihm stand, sah er irritiert auf. Er klappte den Laptop zu. Franzi setzte sich neben ihn und erzählte von dem Brand.
Paul wurde blass. »Ist mit den Pferden alles in Ordnung?«, wollte er sofort wissen.
»Ja, mach dir keine Sorgen!«, beruhigte Franzi ihn.
Aber der Junge machte weiterhin ein sorgenvolles Gesicht. »Was ist da bloß los?«, fragte er leise. »Warum passieren in der letzten Zeit lauter unheimliche Sachen?!«
Franzi strubbelte ihm über den Kopf. »Wir werden das herausfinden!« Ihr Blick fiel auf den Laptop. »Bist du online?«
Paul nickte.
»Darf ich mal kurz was nachsehen?«
»Klar.« Der Junge klappte den Laptop wieder auf. Franzi beugte sich vor und zog die Visitenkarte des Fotografen-Pärchens aus der hinteren Hosentasche. Dabei fiel ihr Blick auf das Display und sie sah kurz die Seite, auf der Paul gelesen hatte, bevor er sie wegklickte.
»Wofür brauchst du denn die *Goldkurse*?«, platzte sie heraus und musste sich ein Lachen verkneifen. Dieser Junge war ja vielseitig interessiert!
Paul verzog den Mund. »Ich bin da beim Surfen gelandet.«
Franzi zuckte die Schultern und rief die Homepage der Fotografen auf. Marie und Kim beugten sich neugierig vor.
»Sieht ziemlich professionell aus«, meinte Marie schließlich. »Die machen das scheinbar schon seit einem Jahr.«
Kim nickte. »Ich glaube, sie haben die Wahrheit gesagt.«
Paul räusperte sich. »Braucht ihr noch lange? Ich müsste noch mal weg.«

Franzi reichte ihm den Laptop. »Danke dir! Wir sind fertig.« Der Junge nickte, nahm das Gerät, klappte es zu und lief wortlos davon.
»Ein bisschen merkwürdig ist er ja schon«, murmelte Marie und sah Paul nach.
»Ich glaube, er macht sich richtig große Sorgen um das Takhi-Tal und die Pferde«, sagte Franzi. Sie stand abrupt auf. »Ich muss jetzt kurz nach Tinka und Polly sehen. In einer halben Stunde bin ich wieder hier.«
Kim und Marie nickten. »Wir treffen uns in der Jurte, okay?«
»Alles klar!«, rief Franzi und rannte los.
Schon von Weitem sah sie, dass es ihrem Pony gut ging. Sehr gut sogar: Tinka tollte mit Ajuna und zwei Islandponys auf der Weide herum und blieb nur ein Mal kurz stehen, um Franzi zuzuwiehern. Dann galoppierte sie weiter.
Auch Polly war schwer beschäftigt und bemerkte Franzi erst gar nicht. Das zierliche Huhn saß auf der Holzabtrennung zwischen Tinkas und Ajunas Box und pickte wie verrückt darauf herum. Franzi schüttelte lächelnd den Kopf und trat näher. Polly fing fröhlich an zu gackern, dabei fiel ihr etwas aus dem Schnabel. Franzi wollte nachsehen und beugte sich über die Holzabtrennung – und erschrak fürchterlich. »Paul!«, rief sie. »Was machst du denn da!«
Der blonde Junge verdrehte die Augen. »Kann man hier eigentlich nie ungestört sein?« Er sprang auf und klopfte sich Staub und Stroh aus der Hose. Etwas fiel auf den Boden. Paul bemerkte es nicht und rannte los.
Franzi blieb der Mund offen stehen. Was war bloß in den Jungen gefahren? Dann sah sie, was gerade aus Pauls Hosen-

tasche gefallen war: ein Bonbon in einem blauen Einwickelpapier! Franzi hob es auf. Sie biss sich auf die Lippen. Genau solch ein Papier hatten sie auf dem Gelände der Takhis sichergestellt!
Franzis Herz hämmerte gegen ihre Rippen. Das konnte doch nicht wahr sein! Hatte Paul die beiden Pferde vom Gelände gelockt? War er der Saboteur vom Takhi-Tal? Was für ein furchtbarer Verdacht! Sie musste sofort mit ihm reden. Franzi rannte los. Sie sah sich um. Bei der Weide war Paul nicht. Auch in der Sattelkammer und in der Reithalle konnte sie ihn nicht entdecken. Sie lief zum Reitplatz. Auch hier: keine Spur von dem Jungen! Franzi formte die Hände zum Trichter und rief: »Paul, wo bist du? Komm zurück!« Sie lief in Richtung des Haupthauses und rief erneut nach dem Jungen.
Aber sie hatte keinen Erfolg. Paul blieb verschwunden. Sie musste Kim und Marie Bescheid geben!
Zwei junge Männer in Jeans und Polo-Shirts kamen Franzi entgegen. Der eine grinste spöttisch. »So jung und schon Liebeskummer?«, fragte er und fing an zu lachen.
Franzi zog die Augenbrauen hoch. »Wie witzig.« Sie lief weiter, ohne die Männer weiter zu beachten.
»Warte mal«, sagte der eine Kaugummi kauend. »Wir suchen auch jemanden. Weißt du, wo Serge ist?«
Franzi blieb kurz stehen, zuckte mit den Schultern und sagte: »Keine Ahnung, der musste gestern dringend weg.« Dann rannte sie weiter.
Kim und Marie saßen vor der Jurte. Sie hatten belegte Brote und Limonadenflaschen besorgt und Kim war gerade dabei, genüsslich in ihr Sandwich zu beißen. Als sie Franzis ange-

spanntes Gesicht sah, fiel es ihr beinahe aus der Hand. »Was ist passiert? Geht es Tinka nicht gut?«
Franzi schüttelte den Kopf. »Nein, bei ihr ist alles in Ordnung. Aber bei Paul wohl nicht …« Sie zog das Bonbon aus der Hosentasche und berichtete davon, was sich im Stall abgespielt hatte. Kim und Marie hörten betroffen zu.
»Ich kann das nicht glauben«, sagte Marie. »Ich kann mir einfach nicht vorstellen, dass Paul so etwas macht.«
»Das geht mir doch genauso.« Franzi seufzte. »Aber dieses Bonbon macht ihn absolut zum Verdächtigen.«
»Wir müssen ihn finden und zur Rede stellen«, sagte Kim.
»Aber wo steckt er bloß?« Franzi zupfte nervös an ihren kurzen Zöpfen.
Kim wickelte ihr Brot wieder ein. »Ich schlage vor, dass wir mit Doc Vic sprechen. Vielleicht hat sie eine Idee, wo Paul hingelaufen sein könnte.«
»Hoffentlich ist sie schon wieder da«, sagte Marie und stand auf.
Sie hatten Glück und trafen Doc Vic auf dem Parkplatz an. Sie schloss gerade ihren Jeep ab. Die blonde Frau grüßte die drei !!! zerstreut. Man konnte ihr deutlich ansehen, dass die Geschehnisse der letzten Tage stark an ihren Nerven zerrten.
»Wir suchen Paul!«, sagte Franzi. Sie trat nervös von einem Bein aufs andere.
Doc Vic sah Franzi irritiert an. »Er ist bestimmt bei Ajuna«, sagte sie. »Zum Abendessen taucht er schon wieder auf. Warum sucht ihr ihn denn so dringend?«
»Das ist eine … etwas komplizierte Geschichte«, sagte Kim. »Hast du einen Moment Zeit?«

»Das kann nicht sein«, sagte Doc Vic bestimmt. »Das hat Paul niemals getan!« Sie nahm das Bonbon, das Franzi vor ihr auf den Schreibtisch im Büro gelegt hatte, in die Hand und drehte es zwischen den Fingern. »Er bekommt die Bonbons übrigens immer von meinem Vater. Er bringt sie aus der Schweiz mit. Paul mag die Sorte gar nicht, er steckt sie immer nur ein und ich finde die verklebten Dinger dann bei der Wäsche in seinen Hosentaschen.« Sie schüttelte den Kopf. »Aber er würde den Pferden niemals Zucker geben, geschweige denn sie in größere Gefahr bringen!«
Franzi rutschte nervös auf ihrem Stuhl herum. »Ich verstehe nur nicht, warum Paul sich vorhin so merkwürdig verhalten hat. Warum ist er abgehauen?«
»Wir müssen ihn unbedingt finden und mit ihm reden!«, sagte Kim ernst. »Doc Vic, hast du eine Idee, wo er hingelaufen sein könnte?«
Die blonde Frau zuckte mit den Schultern. »Wenn er nicht bei Ajuna ist, dann weiß ich auch nicht mehr weiter.«
Sie schwiegen eine Weile. Dann sagte Marie plötzlich: »Du hast erzählt, dass dein Vater diese Bonbons immer mitbringt.« Sie zögerte, dann platzte sie heraus: »Hat er irgendetwas gegen Pferde? Ich meine, könnte es sein, dass er …«
»Mein Vater?« Doc Vic fiel aus allen Wolken. »Gute Güte. Er ist ein eigensinniger alter Kerl und wir haben sicher so ein paar Probleme miteinander, weil wir ziemlich verschieden sind. Aber so etwas würde er nicht machen!« Sie schüttelte

den Kopf. »Mädchen, ich finde es wunderbar, dass ihr mir helfen wollt. Aber dass ihr meinen Sohn oder meinen Vater verdächtigt, halte ich doch für etwas überzogen.«
Die drei !!! tauschten einen kurzen Blick. Franzi nickte. »Also gut. Egal, was passiert ist. Wir müssen jetzt erst mal Paul finden!«
Doc Vic informierte Evi, Andreas und zwei weitere Mitarbeiter. Zu acht durchkämmten sie das Gelände von Gut Rosenthal. Aber auch nach zwei Stunden hatten sie immer noch keine Spur von Paul.
Doc Vic wurde nervös. »So kenne ich Paul nicht. Er würde nie stundenlang verschwinden, ohne mir Bescheid zu sagen!« Sie pulte einen Holzspan von der Bande der Reitbahn, an der sich alle an der Suche Beteiligten zusammengefunden hatten. Evi legte einen Arm um Doc Vic. »Bestimmt ist er zum Abendessen wieder da. Das hat er noch nie versäumt!«
Doc Vic nickte. »Ja, vielleicht hast du recht.«
Und tatsächlich: Als die drei !!! um sieben Uhr den Speisesaal betraten, saß Paul, als wäre nichts geschehen, am Tisch zusammen mit Doc Vic und Herrn Winkler. Der Junge sah die Mädchen vorwurfsvoll an.
»Mensch, Paul«, sagte Franzi und setzte sich auf den freien Stuhl neben ihn. »Wo hast du denn gesteckt?«
Der Junge zuckte mit den Schultern. »Bei einem Freund.«
Franzi runzelte die Stirn. Scheinbar hatte seine Mutter ihm das abgenommen. Sie jedoch glaubte ihm kein Wort. Später würden sie ihn noch mal zur Rede stellen!
»Meine Mama hat mir erzählt, was ihr von mir glaubt«, stieß Paul plötzlich hervor. »Wieso traut ihr mir so etwas zu?«

Kim räusperte sich. »Wir sind Detektivinnen. Wir suchen Spuren, sammeln Indizien und werten sie aus. Und du musst zugeben, dass es ein echt merkwürdiger Zufall ist, dass wir genau die Sorte von Bonbons bei den Takhis gefunden haben, die du mit dir herumträgst.«
Paul verschränkte die Arme. »Ich war es aber nicht. Ganz bestimmt nicht!« Er sah seine Mutter flehentlich an. »Bitte glaubt mir das doch!«
Doc Vic strich ihrem Sohn übers Haar. »Ich glaube dir!« Sie sah die drei !!! an. »Ich habe mit meinem Vater telefoniert. Er kommt nachher vorbei und dann hoffe ich, dass er Licht in die Angelegenheit bringen kann. Bestimmt war Paul nicht der Einzige, dem er diese Bonbons gegeben hat.« Sie sah auf die große Uhr, die über der Tür zum Speisesaal hing. »Und jetzt entschuldigt mich bitte. In einer Stunde beginnt unser Info-Abend über das Takhi-Tal. Ich muss meine Notizen noch mal durchgehen.« Sie fuhr sich durchs Haar. »Ach, und Evi? Ich habe vorhin gesehen, dass die Stühle noch nicht im Vortragsraum sind!«
Die Assistentin zuckte zusammen. »Das habe ich bei der ganzen Aufregung völlig vergessen. Serge wollte sie aus dem Keller holen. Ich wollte ihn noch daran erinnern, habe ihn aber den ganzen Tag nicht gesehen.« Sie stand auf. »Dann mache ich das jetzt schnell.«
»Prima, danke!«, sagte Doc Vic. »Heute Abend muss alles reibungslos klappen. Ich habe ein paar wichtige Leute von der Bank eingeladen. Vielleicht kann ich sie von einer Patenschaft für das Takhi-Tal überzeugen. Also, bis später!«
Auch Franzis Vater stand auf. »Evi, ich helfe dir schnell!«

»Vielen Dank, aber lass mal.« Die Assistentin schüttelte den Kopf. »Du wolltest doch nach den Takhis sehen. Das ist wichtiger!«
»Wir können dir helfen«, schlug Kim sofort vor. Franzi und Marie nickten. »Ja, kommt, dann ist das in null Komma nichts erledigt«, sagte Marie.
Evi nickte dankbar. »Ich hole schnell den Kellerschlüssel!«
Herr Winkler verabschiedete sich von den drei !!! und ging mit der Assistentin zum Ausgang.
Paul sah Franzi an. »Ich helfe auch mit!«
Franzi lächelte den Jungen an. »Super!«, sagte sie.
Die drei !!! nickten sich heimlich zu. Vielleicht konnten sie mit Paul während der gemeinsamen Arbeit noch mal ganz unverfänglich sprechen und mehr aus ihm herausbekommen.
Evi kam nach zwanzig Minuten zurück. »Tut mir leid, dass das so lange gedauert hat!«, sagte sie. »Aber den Kellerschlüssel hat Serge. Und der ist immer noch verschwunden.« Sie schüttelte den Kopf. »Der kriegt was zu hören!«
»Und jetzt?«, frage Marie. »Wie kommen wir in den Keller?«
Evi hielt einen Schlüssel in die Höhe. »Zum Glück hatte Tom einen Ersatzschlüssel!«
In der nächsten halben Stunde schleppten sie gemeinsam Klappstühle in den Vortragsraum und richteten sie in Reihen aus.
»Danke für eure Hilfe!«, sagte Evi und rückte einen Stuhl zurecht. »Ohne euch hätte ich das niemals so schnell geschafft!«
Sie lächelte die drei !!! und Paul an. »Jetzt habe ich noch eine

Viertelstunde Zeit bis zum Vortrag. Ich spendiere eine Runde Cola im Speisesaal!«
»Ja!«, rief Paul begeistert. »Aber ihr dürft Mama später nichts verraten!« Er rannte wie der Blitz voraus.
Evi schlug sich die Hand vor die Stirn. »Stimmt, der Junge soll das Zeug ja nicht trinken.« Sie verdrehte die Augen. »Aber jetzt habe ich es ihm schon versprochen. Aus der Nummer komme ich nicht mehr raus.«
»Das eine Mal wird ihm schon nicht schaden«, meinte Marie grinsend.
Evi runzelte die Stirn. »Das erzähl mal seiner Mutter.« Sie schaltete schnell noch den Beamer ein und ließ die Jalousien herunter.
»Also, auf zur verbotenen Cola!«
»Ich geh noch mal schnell zur Toilette«, sagte Franzi und drückte Kim ihre Jacke in die Hand. »Ich komme gleich nach!« In flottem Tempo steuerte sie die WCs am Ende des Gangs an. Auf Höhe der Treppe zum ersten Stock bemerkte sie, dass sich einer ihrer Schnürsenkel gelockert hatte. Franzi kniete sich hin und knotete ihn neu. Plötzlich wurde die Eingangstür geöffnet. Franzi sah, dass zwei Männer schnell hereinschlüpften und zur Treppe eilten. Überrascht stellte Franzi fest, dass es die beiden Männer waren, die sie am Nachmittag angesprochen hatten. Sie tuschelten miteinander und bemerkten Franzi überhaupt nicht. Neugierig sah sie den Männern nach, während sie die Treppe hinaufstiegen.
»Den schnappen wir uns«, zischte einer der Männer plötzlich.

Franzi biss sich auf die Lippe. Was war denn jetzt los? Sie richtete sich auf und lugte vorsichtig über das Treppengeländer. Die Männer waren nicht mehr zu sehen, aber ihre Schritte deutlich zu hören. Franzi schlich die Treppe hinauf. Ein lautes Klopfen erklang. Franzi erreichte den ersten Stock und lugte vorsichtig um die Ecke. Die Männer hatten sich vor einer der Türen aufgebaut. Franzi fiel ein, dass hier im ersten Stock des Haupthauses die Apartments der Mitarbeiter lagen, die auf dem Hof lebten. Suchten die beiden Typen immer noch nach Serge?

Erneut polterten sie gegen die Tür. Aber es tat sich nichts.

»So nicht, mein Freund!«, rief einer der Männer halblaut. »Gib mir mal was zu schreiben«, zischte er dem anderen Mann zu.

Eine Weile war nichts mehr zu hören. Dann erklang wieder die Stimme des einen: »Die Botschaft wird er wohl verstehen!« Er schob einen Zettel unter der Tür durch. »Los, wir hauen ab!«

Franzi konnte sich gerade noch rechtzeitig hinter einem Mantel verstecken, der an einem Garderobenständer hing, als die beiden dicht an ihr vorbei zur Treppe zurückliefen. Franzi sah, dass der eine leicht hinkte und sein T-Shirt einen Riss im Rückenbereich hatte. Franzi schüttelte den Kopf. Wer waren diese Männer? Sie lief zum Fenster und sah auf den Hof hinunter. Gerade überquerten die beiden Gestalten den Hof. Sie stiegen in einen weißen Sportwagen und das Auto schoss zur Ausfahrt raus. Alles ging so schnell, dass Franzi das Nummernschild nicht ablesen konnte.

Sie eilte zu der Tür, an der die beiden geklopft hatten. Ihr

Blick fiel auf das Schild, das an der Tür angebracht war: *Serge Kaufmann.* Die beiden hatten wohl etwas sehr Wichtiges mit Serge zu besprechen, wenn sie ihn so eindringlich verfolgten!

Franzi legte sich flach auf den Boden und lugte durch den Spalt zwischen Tür und Holzboden. Ein Zettel lag auf den Dielen. Er war auf dem glatten Boden ein Stück weit geschlittert und befand sich gut dreißig Zentimeter vom Türspalt entfernt. Franzi überlegte fieberhaft. Eigentlich ging es sie nichts an, was die Männer von Serge wollten. Andererseits war es doch sehr merkwürdig, dass er so plötzlich verschwunden war. Franzi seufzte. Sie wischte die letzten Bedenken beiseite und sah sich um. Sie brauchte ein Werkzeug, mit dem sie unter der Tür nach dem Zettel fassen konnte! Ihr Blick fiel auf den Mantel an der Garderobe. Er hing auf einem schmalen Kleiderbügel aus Draht. Franzi zog das Kleidungsstück vom Bügel und warf es über einen Garderobenhaken. Dann angelte sie durch den Türspalt nach dem Zettel. Sie brauchte eine Weile, aber schließlich schaffte sie es. Mit zitternden Fingern entfaltete sie vorsichtig den Zettel und las:

Gib alles zurück oder ihr seht das Wildpferdfohlen nie wieder!

Franzi schnappte nach Luft. Dann raste sie die Treppe hinab und rannte zum Speisesaal.

»Wo bist du so lange gewesen?«, empfing sie Marie mit vorwurfsvoller Stimme. »Hast du noch einen Abstecher zu Tinka gemacht?«

Franzi schüttelte den Kopf. Sie schluckte und hielt Marie das Papier hin. »Den haben eben zwei Männer unter der Tür zu Serges Zimmer durchgeschoben!«

»Wie bitte?« Marie nahm das Papier und sah sie völlig verständnislos an. Dann las sie. Augenblicklich wurde sie blass. »Wir müssen sofort zu Doc Vic!«
»Was ist los?«, fragte Paul leise. Er sah die Mädchen ängstlich an.
Bevor jemand antworten konnte, steckte Andreas den Kopf herein. Er sah sich hektisch um. »Wo ist Doc Vic?«
»Na, bei ihrem Vortrag«, antwortete Paul. »Jetzt sagt doch endlich mal einer, was hier los ist!«
»Da kann ich sie jetzt nicht stören«, murmelte Andreas abwesend. »Okay, ich muss zu Tom.« Er wandte sich zum Gehen.
»Halt!«, rief Paul. »Warum musst du Mama so dringend sprechen?« Seine Wangen färbten sich rot. »Ich will wissen, was los ist!«
Andreas kam in den Raum zurück. Nach kurzem Zögern sagte er mit rauer Stimme: »Doktor Winkler hat eben angerufen. Wir müssen nach Oleg suchen. Er befindet sich nicht mehr bei der Herde und ist scheinbar vom Gelände verschwunden!« Der junge Mann knetete nervös seine Hände. »Ich kann ihn auch nicht orten, weil er noch keinen Mikrosender trägt. Die Fohlen werden erst mit drei Monaten gechipt.«
»Verdammt!«, rief Franzi. »Wir müssen sofort die Polizei rufen. Oleg ist in Gefahr!« Sie hielt Andreas den Zettel hin. »Hier, diesen Erpresserbrief habe ich eben gefunden.«
Andreas riss die Augen auf. »Das … das gibt's doch nicht«, stammelte er. Er zog das Handy aus der Hosentasche und tippte hektisch die 110.

Noch während er telefonierte, kritzelte Franzi hastig ein paar Stichpunkte zur Personenbeschreibung der beiden Männer auf eine Serviette. Sie musste der Polizei nachher möglichst genaue Angaben machen können, damit diese fiesen Typen schnell geschnappt werden konnten und Oleg wieder hergaben!

Das ist eine Katastrophe

Nachdem Andreas der Polizei die Situation geschildert hatte, fuhren sie sofort zum Westtor des Reservats. Franzis Vater kam zum Auto gelaufen und begrüßte sie knapp. Er hatte ein Fernglas um den Hals hängen und hielt etwas in der Hand. »Hier, das habe ich gerade gefunden«, sagte er, leicht außer Atem. Er zeigte ein Apfelstück, auf dem eine bläuliche Paste haftete. »Davon liegt eine große Menge beim Schlafplatz der Pferde, hinten am Wäldchen. Ich habe den Verdacht, dass jemand den erwachsenen Tieren ein Beruhigungsmittel mit den Äpfeln verpasst und Oleg mitgenommen hat.«
»Ja«, rief Franzi. »Er wurde entführt. Es gibt ein Erpresserschreiben!«
Herr Winkler sog scharf die Luft ein. »Dann lag ich also richtig.«
»Die Polizei ist schon unterwegs«, sagte Andreas.
»Wie geht es den anderen Pferden?«, wollte Franzi wissen.
Herr Winkler legte ihr einen Arm um die Schulter. »Ich habe Puls und Temperatur überprüft. Da ist alles in Ordnung. Sie werden einfach nur eine Zeit lang schläfrig sein. Spätestens in zwei Stunden ist das vorbei.«
Franzi lief ein Stück weiter auf das Gelände und reckte den Hals. Die Herde stand beim Wäldchen. Franzi ging langsam näher. Die Tiere bewegten sich kaum und wirkten apathisch. Nur Temudschin schien halbwegs munter zu sein. Er wieherte leise und warf seinen Kopf hin und her. Franzi kniff die Augen zusammen. Der Hengst hatte einen roten Fleck

am Maul. War das Blut?! »Papa, Temudschin ist verletzt!«, rief Franzi erschrocken.
»Nein, das ist ein Stück Stoff, das zwischen seinen Zähnen hängt«, sagte Herr Winkler. »Es ist mir vorhin schon aufgefallen. Ich wollte es entfernen, aber Temudschin hat mich nicht näher rangelassen. Es wird schon irgendwann von allein abfallen.«
Im nächsten Moment rieb das Pferd seinen Kopf am Boden. Als es den Kopf wieder hob, war der rote Fleck verschwunden. Temudschin ging ein Stück weiter und stupste Tsetse an, die langsam mit den Ohren wackelte. Franzi lief zu der Stelle, an der der Hengst gestanden hatte, und hob den roten Stofffetzen auf. Sie steckte ihn nachdenklich ein.
In der Zwischenzeit war Doc Vic eingetroffen. Die blonde Frau sprach völlig aufgelöst auf Franzis Vater ein: »Ich habe vorhin deine Nachricht abgehört. Um Gottes willen, habt ihr Oleg mittlerweile gefunden?«
»Nein,« sagte Herr Winkler. »Es tut mir leid. Das Ganze ist noch viel schlimmer, als ich angenommen habe.« Er erzählte in knappen Sätzen, was passiert war.
Doc Vic schlug sich die Hand vor den Mund und schüttelte den Kopf. »Das ist eine Katastrophe.«
In dem Moment rollte ein dunkler Kleinwagen heran und hielt etwas abseits. Die Fahrertür wurde aufgerissen und ein Mann stieg aus.
»Serge!«, rief Doc Vic überrascht.
Der kräftige große Mann mit dem schwarzen Haar joggte zu ihnen rüber. »Doc! Ich war gerade auf dem Gut, Tom hat mir erzählt, was passiert ist.«

»Wo hast du gesteckt?«, wollte die Leiterin wissen. »Hier ist seit gestern die Hölle los und du bist einfach verschwunden!«
Serge machte ein zerknirschtes Gesicht. »Ich kann alles erklären.« Er schüttelte den Kopf. »Oder nein, doch nicht alles. Leider. Aber deswegen bin ich ja hier. Vor allem, weil jetzt auch noch Oleg entführt wurde …«
Auf Doc Vics Stirn erschien eine steile Falte. »Kannst du bitte etwas genauer werden?«, fragte sie kühl.
Serge nickte. »Ich versuche es.« Er räusperte sich. »Als ich am Freitagabend noch meine Thermosflasche aus dem Tiertransporter geholt habe, kamen plötzlich drei Männer auf mich zu. Ich habe die auf dem Hof noch nie gesehen. Sie waren total sauer und haben mich angeschrien und sehr seltsame Sachen gesagt. Der eine hat mich am Kragen gepackt und irgendwas davon erzählt, dass ich ihnen ihr Geld wiedergeben sollte.« Serge nestelte an seinem Hemdkragen. »Ich dachte, dass die vielleicht betrunken sind oder schon ein bisschen senil, die waren ja alle bestimmt so um die sechzig, siebzig. Der eine hat sogar was von *Gold* gefaselt. Na ja, ich habe mich losgemacht und bin einfach weggegangen.« Serge schüttelte den Kopf. »Aber die standen am nächsten Tag in aller Herrgottsfrühe schon wieder da und haben mich beim Stall abgefangen. Der eine hat gesagt, ich hätte jetzt eine Stunde Zeit, das Geld zu holen. Ansonsten würden sie sehr, sehr unangenehm werden. Ich war völlig durcheinander. Ich schwöre, ich habe kein Geld genommen. Ich habe echt keine Ahnung, was die wollten!«
»Warum hast du uns das denn nicht sofort erzählt?«, fragte Doc Vic betroffen.

Serge biss sich auf die Lippe. »Mir ist plötzlich mein Bruder eingefallen. Mikey hatte mal eine schlechte Phase und hat beim Glücksspielen Schulden gemacht. Als er die nicht zurückzahlen konnte, sind ein paar Leute ziemlich unangenehm geworden und ich musste ihm aus der Patsche helfen.« Serge seufzte. »Ich dachte, die Typen sind gekommen, weil mein Bruder wieder mit dem Spielen angefangen hat und er denen Geld schuldet. Also habe ich versucht, mit Mikey zu sprechen.« Er schüttelte den Kopf. »Aber sein Handy war abgeschaltet. Ich bin dann zwei Tage hier in der Gegend herumgefahren und habe ihn in verschiedenen Spielcasinos gesucht.« Serge lachte auf. »Und dann hat mein Bruder doch noch zurückgerufen, gerade vor zwei Stunden! Stellt euch vor, er hat seit Monaten eine feste Arbeitsstelle und ist auf einer Bohrinsel in der Nordsee eingesetzt. Die hatten dort in den letzten Tagen einen Sturm und der Mobilfunk ist zusammengebrochen. Deshalb konnte ich ihn nicht erreichen. Mikey hat mir geschworen, dass er schon seit Jahren nicht mehr spielt und garantiert keine Schulden hat. Außerdem meinte er, dass in der Glücksspielbranche bestimmt keine alten Männer eingesetzt werden, um Schuldner unter Druck zu setzen. Das würde anders ablaufen.« Serge sah hilflos in die Runde. »Es tut mir leid, dass ich einfach so verschwunden bin. Aber ich habe mir echte Sorgen um Mikey gemacht. Leute, ich kapiere gar nichts mehr! Was wollten die drei alten Knacker bloß von mir?«
Kim machte ein nachdenkliches Gesicht. »Es fragt sich auch, was die beiden jungen Typen von dir wollen, die dir einen Drohbrief unter der Tür durchgeschoben haben.«

»Bitte, was?« Serge riss die Augen auf. »Was für ein Drohbrief?! Welche jungen Typen?! Ich dreh gleich durch!«
In dem Moment rollte ein Polizeiwagen auf das Wiesenstück vor dem Westtor. Eine Polizistin in Uniform und ein Mann in Jeans und Parka stiegen aus. Doc Vic nickte Serge zu. »Das erklären wir dir nachher. Wir müssen jetzt mit der Polizei sprechen.«
Die drei !!! liefen zusammen mit Franzis Vater zum Polizeiwagen. »Nico Horlau, Kriminaloberkommissar«, stellte sich der Mann im Parka vor. »Und das ist meine Kollegin, Polizeiobermeisterin Sabine Neuheuser.« Die zierliche Frau nickte in die Runde.
»Sie haben uns gerufen, weil Sie ein Wildpferd vermissen, richtig?«, fragte der Kommissar.
Doc Vic nickte. »Wir müssen davon ausgehen, dass es entführt wurde.«
»Es gibt einen Erpresserbrief«, fügte Kim hinzu. Sie übergab dem Kommissar den Zettel mit der Botschaft, den sie in einen Plastikbeutel gelegt hatte. Nico Horlau nickte anerkennend: »Da hat jemand mitgedacht! Prima, vielleicht können wir somit Fingerabdrücke der Täter sicherstellen.«
»Und die von Franzi und mir wahrscheinlich auch.« Marie räusperte sich. »Aber nur oben links.«
Der Mann lächelte. »Dann weiß ich ja Bescheid.«
»Hier ist die Personenbeschreibung der beiden Erpresser«, sagte Franzi. »Ich habe sie gesehen, als sie den Brief unter der Tür durchgeschoben haben.« Sie hielt dem Kommissar die Serviette mit ihren Notizen hin.
Horlau nickte erneut beeindruckt. Er reichte die Serviette an

seine Kollegin weiter. »Bitte geben Sie die Beschreibung an die Zentrale durch. Und fordern Sie Verstärkung an.« Er sah Doc Vic kurz an. »Wie groß ist das Gelände?«
»Es sind etwas mehr als hundert Hektar.«
»Gut, dann brauchen wir vierzig Mann, um das Gelände effektiv absuchen zu können«, sagte der Kommissar an seine Kollegin gewandt. Die Frau nickte und lief zum Wagen.
»Aber das Fohlen befindet sich mit einer Sicherheit von 99 Prozent nicht mehr auf dem Gelände«, sagte Herr Winkler. »Es würde sich sonst in jedem Fall in der Nähe seiner Mutter aufhalten.«
Der Kommissar klopfte Herrn Winkler auf die Schulter. »Glauben Sie mir, wir wissen, was wir tun. Es ist gut möglich, dass das Tier hier im Reservat versteckt wurde. So ein Pferd trägt man ja nicht einfach mal so davon.«
»Aber das Fohlen wiegt keine 70 Kilo, das schaffen zwei Männer ganz …«
»Wir benötigen einen Plan des Geländes«, unterbrach der Kommissar Herrn Winkler ungerührt. »Wie schnell können Sie mir den verschaffen?«
Herr Winkler sah Doc Vic fragend an.
Die Leiterin nickte. »Ich habe verschiedene Karten im Büro. Ich fahre gleich hin und hole sie.«
Serge zog seinen Autoschlüssel aus der Hosentasche. »Das kann ich doch machen. Bleib du lieber hier, falls es irgendwelche Fragen gibt.«
Doc Vic nickte. »Gut, danke dir!«
Franzi sah, dass Kim an ihrer Lippe zupfte. Das tat ihre Freundin immer, wenn sie besonders scharf nachdachte.

Was ging gerade in Kims Kopf vor? Jetzt sah sie auf ihre Armbanduhr.

»Serge, kannst du uns mit zurück zum Gutshof nehmen?«, fragte Kim plötzlich.

Franzi und Marie sahen Kim entsetzt an. »Warum willst du jetzt …«, setzte Marie an, aber Kim durchbohrte sie mit einem scharfen Blick.

Marie klappte den Mund zu.

»Wir würden gerne mit dir zurückfahren, geht das?«, wiederholte Kim.

Serge zuckte mit den Schultern. »Klar, kommt mit.«

Franzi überlegte während der kurzen Fahrt fieberhaft, was Kim vorhatte. Glaubte sie Serge nicht? Verdächtigte sie ihn, etwas mit der Fohlenentführung zu tun zu haben? Warum fragte sie ihn dann jetzt nicht aus, sondern saß schweigend auf dem Beifahrersitz?

Auch als sie auf dem Parkplatz hinter dem Haupthaus ausstiegen, schwieg Kim immer noch.

»Also, macht's gut, ihr drei«, rief Serge und eilte ins Haus.

»Hinterher!«, rief Kim leise und zog Franzi und Marie mit sich.

Ihre eiligen Schritte hallten auf dem Steinboden in der Eingangshalle wider. Sie konnten sehen, dass Serge die Tür zu Doc Vics Büro öffnete und eintrat. Zwei Sekunden später erklang ein überraschter Aufschrei!

Kim stürzte voran und Marie und Franzi stolperten mit ihr in das kleine Zimmer. Serge stand vor einem der beiden Sessel in der Besucherecke. Seine kräftige Statur verstellte die Sicht, aber es war klar, dass dort jemand saß.

»Was wollen Sie schon wieder?«, rief Serge aufgebracht. »Was wollen Sie von mir?!«
Die Federung des Sessels knarrte. Franzi sah, dass ein weißhaariger Mann aufgestanden war. Er blickte Serge feindselig an und wollte gerade etwas sagen, da bemerkte er die drei Mädchen in der Tür. Er wischte sich über die Stirn. »Was machen Sie hier?«, zischte er. »Ich kenne Sie nicht. Ich warte hier nur auf jemanden.«
Serge stemmte die Arme in die Seiten. »Das ist ja wohl die Höhe! Am Freitag und Samstag haben Sie mich sehr wohl gekannt! Was sind Sie denn für ein komischer Vogel!?«
»Sie kennen sich?«, fragte Kim ganz ruhig.
Serge fuhr herum. Der weißhaarige Mann schüttelte den Kopf.
»Das ist einer der Typen, die mich bedroht haben!«, rief Serge aufgebracht.
»Sie ticken ja nicht mehr richtig. Ich habe Sie noch nie gesehen«, sagte der alte Mann. Jetzt erkannte Franzi ihn. Es war einer der drei Senioren, die am Freitagabend die Getränkekisten gebracht hatten. Franzi schluckte. Es war Doc Vics Vater! Die Gedanken überschlugen sich in ihrem Kopf. Natürlich! Kim hatte sich daran erinnert, dass er heute Abend auf dem Hof vorbeischauen wollte, weil seine Tochter ihn darum gebeten hatte. Aus irgendeinem Grund hatte Kim wissen wollen, wie Serge auf den Mann reagierte. Deshalb hatte sie darauf bestanden, mit ihm zum Hof zurückzukehren.
»Herr von Stolz«, sagte Kim. »Ich weiß nicht genau, welches Problem Sie mit Serge haben. Aber Sie haben ganz offen-

sichtlich ein Problem mit Pferden.« Sie zog den Plastikbeutel mit den Bonbons, die sie bei den Takhis sichergestellt hatten, aus der Jackentasche.
Der alte Mann zuckte unmerklich zusammen, setzte dann aber schnell ein erstauntes Gesicht auf. »Was soll das? Wer seid ihr überhaupt?«
Kim lächelte kühl. »Das tut doch nichts zur Sache.« Sie betrachtete die Bonbons. »Wichtig ist nur: Wir haben *Ihre* Fingerabdrücke auf einem Bonbonpapier gefunden. Und das lag genau an der Stelle, an der zwei Pferde vom Gelände des Reservats gelockt wurden und dadurch in große Gefahr geraten sind!« Kim wurde ernst. »Geben Sie es zu: Sie sind der Saboteur vom Takhi-Tal, Herr von Stolz!«
Franzi hielt den Atem an.
»*Von Stolz*«, murmelte Serge. Er sah den alten Mann fassungslos an. »Das ist Doc Vics Vater?!« Serge ließ sich auf nen Besucherstuhl vor dem Schreibtisch fallen und raufte sich die Haare.
Verwundert stellte Franzi fest, dass der alte Mann zu zittern begann. Seine Gesichtszüge entgleisten. Er verlor tatsächlich die Nerven! Kims Bluff mit den angeblichen Fingerabdrücken hatte wirklich funktioniert!
»Ich hatte meine Gründe!«, schrie Herr von Stolz und stieß Serge mit dem Ellbogen zur Seite. »Und die gehen euch alle nichts an. Ich gehe!« Er versuchte zur Tür zu gelangen, aber Franzi und Marie stellten sich ihm in den Weg.
»Was ist denn hier los?«, war auf einmal eine verwunderte Stimme zu hören. Tom Rosenthal stand im Türrahmen und sah erschrocken in die Runde.

Kim verschränkte die Arme vor der Brust. »Was genau hier los ist, werden wir sicherlich später erfahren. Aber eine Sache muss jetzt sofort geklärt werden!« Sie sah Herrn von Stolz scharf an. »Was ist mit dem Fohlen? Wo haben Sie das arme Tier hingebracht?!«

Ein tragischer Fall

»Welches Fohlen?« Der alte Mann schüttelte entsetzt den Kopf. »Ich habe keine Ahnung, wovon du sprichst.«
»Sie lügen! Sie haben ein gerade mal acht Wochen altes Hengstfohlen seiner Mutter entrissen und irgendwo hingebracht!« Kim funkelte den Mann wütend an. »Womöglich stirbt es gerade!«
Herr von Stolz ließ sich in den Sessel zurückfallen. »Nein, das habe ich nicht gemacht.« Er sackte in sich zusammen und verbarg den Kopf in den Händen. »Ich fürchte, da ist etwas ein bisschen aus dem Ruder geraten«, murmelte er.
»Was soll das denn heißen?«, fragte Kim mit bebender Stimme. »*Ein bisschen aus dem Ruder geraten*«, äffte sie von Stolz nach. »Sie scheuchen zwei Pferde nachts vom Gelände, vergiften die Herde mit grünen Eicheln, legen ein Feuer, das beinahe das ganze Takhi-Tal abgebrannt hätte, betäuben die Pferde und entführen ein Fohlen.« Kim schnappte nach Luft. »Ach so, das mit dem Fohlen waren Sie ja angeblich nicht«, korrigierte sie sich. »Auf jeden Fall: Das nennen Sie *ein bisschen aus dem ...*«
»Georg und Severin«, flüsterte Herr von Stolz plötzlich. »Wir haben sie um Hilfe gebeten, damit wir unser Geld zurückbekommen!« Er durchbohrte Serge mit einem bösen Blick. »Unser Geld, unser Gold, das uns dieser Mann gestohlen hat!«
»Da, schon wieder: *Gold*!«, schnaubte Serge. »Das ist ja zum Verrücktwerden! Ich habe nichts von Ihnen genommen! Ich

wusste bis eben ja nicht mal, wer Sie eigentlich sind! Was wollen Sie von mir?«
Franzi klopfte Serge auf den Unterarm. »Das werden wir alles noch klären.« Sie ging einen Schritt auf Herrn von Stolz zu. »Was sind das für Typen, Georg und Severin? Wir müssen sie sofort finden. Die beiden haben das Fohlen!«
Der alte Mann nickte. »Georg ist der Sohn von meinem Freund Jobst. Severin ist sein Cousin.«
»Wo könnten sich die beiden versteckt halten?«, rief Marie.
»Versteckt?« Von Stolz hob überrascht die Augenbrauen. »Warum sollten sie sich verstecken? Ich habe sie vorhin noch auf der Terrasse vor dem Haus gesehen, als ich hierhergefahren bin.«
Marie verdrehte die Augen. »Klar, warum sollten die sich schon verstecken? Die fühlen sich scheinbar vollkommen sicher. Ich fasse es nicht!«
»Welches Haus, wo liegt es?«, rief Kim.
»Das kleine Bauernhaus am Ortseingang. Ringweg 3«, murmelte von Stolz. Er nahm die Brille ab und rieb sich die Augen. »Wenn wir gewusst hätten, dass die Jungs solch einen Blödsinn machen, hätten wir sie nie um Hilfe gebeten.«
»Dazu sage ich jetzt lieber nichts«, zischte Kim. Sie sah Tom an, der immer noch im Türrahmen stand und völlig verwirrt dreinblickte. »Gibst du Doc Vic Bescheid, dass ihr Vater hier auf sie wartet und ihr dringend etwas erzählen möchte?«
Der Gutsbesitzer schluckte schwer. »Mache ich«, sagte er leise.
Die drei !!! stürmten davon und stiegen auf die Räder, die immer noch hinter dem Schuppen standen.

Fünf Minuten später hatten sie den Ortseingang erreicht. Die Abenddämmerung setzte ein und die Straßenlaternen glimmten gerade auf. »Da vorne ist es!«, rief Kim. Sie ließen die Räder ausrollen und kamen vor einem kleinen, neu renovierten Bauernhäuschen mit schneeweißem Verputz zum Stehen. Der Garten war frisch angelegt. Die wenigen, kniehohen Pflanzen ließen den Blick auf die Terrasse vollkommen frei. Franzi erkannte die beiden Männer, die dort an einem Tisch saßen und sich mit einer jungen Frau unterhielten, sofort wieder. »Sie sind es. Die beiden haben den Drohbrief geschrieben!«, zischte sie.
In dem Moment sah einer der Männer zu ihnen rüber. Er hob erstaunt die Augenbraue und stellte sein Glas ab. »Wen haben wir denn da?«
»Severin und Georg!«, sagte Kim laut. »Wir verzichten jetzt mal auf Small Talk und erledigen das hier ganz schnell!«
»Bitte?« Der Mann war sichtlich erstaunt. »Was soll das denn jetzt?«
»Ihr habt das Wildpferdfohlen aus dem Takhi-Tal entführt«, rief Franzi außer sich. »Ihr sagt uns jetzt sofort, wo ihr es versteckt habt! Oleg ist ohne seine Mutter völlig hilflos!«
Die Männer sahen sich kurz irritiert an. Dann grinste der eine breit. »Georg, ich glaube die Kleine ist etwas verwirrt. Takhi-was? Oleg? Wovon redet die?« Er lehnte sich zurück und legte die Füße auf den Stuhl gegenüber. »Geht mal schön nach Hause und spielt mit euren Plüsch-Ponys weiter.« Gelassen entfernte er ein paar gelbe Blüten, die sich in den Schnürsenkeln seiner Turnschuhe verfangen hatten.
Franzi beobachtete den Mann nachdenklich. »Wir rufen die

Polizei«, sagte sie. »Sie wird schon aus euch rausbekommen, wo das Fohlen ist.«
»Spinnst du jetzt total?«, rief Georg wütend. »Was willst du uns anhängen? Ich habe keine Ahnung, was du mit deinem Takhi-Dings meinst!«
Franzi verdrehte die Augen. »Gebt endlich auf und sagt uns, wo das Fohlen ist!« Dann stieg sie zwischen den Rosenbüschen durch und lief zu Severin. Sie hob die Blüten auf, die er von seinem Schuh entfernt hatte. »Das sind Sand-Strohblumen. Die wachsen nur auf dem Gelände des Reservats. Zumindest du bist also ganz bestimmt dort gewesen!«
Dem Mann blieb der Mund offen stehen. Georg stand so abrupt auf, dass ihm der Pulli, den er über die Schultern gelegt hatte, herunterfiel. »Ihr haut jetzt sofort ab!«, rief er aufgebracht. »Sonst rufe nämlich *ich* die Polizei, das ist Hausfriedensbruch.« Er bückte sich und hob den Pullover auf. »Runter von meiner Terrasse!«, ächzte er.
»Du bist ebenfalls auf dem Gelände gewesen«, fuhr Franzi unbeeindruckt fort. »Du hast dort eine kleine Auseinandersetzung mit dem Hengst gehabt, als ihr euch Oleg geschnappt habt. Sei froh, dass Temudschin dir nur ein Loch ins T-Shirt gebissen hat und nicht mehr passiert ist!«
»Bitte?« Georg sah Franzi völlig irritiert an. »Woh…« Er biss sich auf die Lippen und legte sich hastig wieder den Pullover über die Schulter. »Du spinnst doch total!«
»Ach, komm schon«, zischte Franzi. »Ich hab das Loch in deinem T-Shirt genau gesehen, als du dich eben gebückt hast. Du brauchst das jetzt nicht mehr zu verstecken. Aber ich habe etwas, womit du es flicken kannst!« Sie zog das rote

Stück Stoff, das sie bei Temudschin gefunden hatte, aus ihrer Hosentasche und hielt es mit spitzen Fingern hoch. »Guck mal, Farbe und Stoff passen ja genau zu deinem Shirt!« Sie ließ den Stofffetzen fallen. »Den hatte der Hengst übrigens zwischen den Zähnen.«
Georg schüttelte stumm den Kopf. Er sah Severin hilflos an.
»Und dann haben wir ja auch noch den Erpresser-Zettel, den ihr geschrieben habt«, sagte Kim. »Da sind bestimmt ein paar schöne Fingerabdrücke von euch drauf!«
Marie nickte. »Das müsste doch jetzt ausreichend sein«, rief sie. »Hört endlich auf, zu leugnen! Wir verlieren wertvolle Zeit. Wo ist das Fohlen?«

Detektivtagebuch von Kim Jülich
Montag, 13:45 Uhr
In den letzten zwei Tagen ist so viel passiert, dass ich nicht zu den Einträgen hier ins Detektivtagebuch gekommen bin. Jetzt gibt es sehr, sehr viel zu berichten! Wir haben nämlich eine Reihe von gefährlichen Sabotageakten im Takhi-Tal aufgeklärt und die Täter gefasst!
Einer davon ist der Vater von Doc Vic, der Leiterin des Takhi-Projekts. Es ist wirklich tragisch! Doc Vic hat gestern Nacht lange mit ihrem Vater gesprochen. Er hat gestanden und versucht, ihr alles zu erklären. Es ist wirklich unglaublich, was hinter der ganzen Sache steckt! Das hätte ich nie und nimmer erwartet. (Dazu gleich mehr.)
Gestern war es jedenfalls noch mal sehr aufregend: Wir haben das Wildpferdfohlen Oleg aus den Fängen von unglaublich dreisten Entführern befreit. Zum Glück ist Oleg gesund und munter und

hat alles gut verkraftet. Die Täter hatten den Kleinen in der Waschküche ihres Hauses versteckt, nachdem sie ihn aus dem Reservat verschleppt hatten. Wenigstens hatten sie ihm ein Strohlager gebaut und genügend Futter und Wasser hingestellt. Trotzdem: Oleg war über fünf Stunden von seiner Mutter getrennt! Das war bestimmt schlimm für ihn. Aber jetzt sind die beiden wieder zusammen!
Nun zu dem Drahtzieher der Sabotagevorfälle, Jobst von Stolz, 68 Jahre(!). Dieser Mann hat zusammen mit zwei Freunden einen absolut kriminellen Plan ausgeheckt. Es ging um Schmuggel! Sie haben heimlich Geld und Goldbarren aus der Schweiz über die Grenze nach Deutschland geschmuggelt! Und zwar in dem Tier-Transporter, mit dem ein Wildpferdhengst ins Takhi-Tal gebracht wurde!! Paul hatte seinem Opa mal davon erzählt, dass ein neues Pferd aus der Schweiz geholt werden soll. Von Stolz hat weiter nachgeforscht und rausbekommen, wann und wo genau der Transport losgeht. Dann ist er mit seinen Freunden rechtzeitig in die Schweiz gefahren und hat die Schmuggelware (fast eine Million Euro in großen Scheinen und acht Goldbarren!) hinter einer Wandverkleidung im Laderaum versteckt. Er hat sich darauf verlassen, dass an der Grenze keiner genau hineinsieht, wenn erst mal das Pferd im Laderaum sein würde. Dann sind er und seine Freunde seelenruhig nach Hause gefahren. Am Abend wollten sie ihre Schmuggelware auf Gut Rosenthal heimlich wieder aus dem Transporter holen. Und dann ging der ›Krimi‹ eigentlich erst richtig los! Die Schmuggelware war nämlich spurlos verschwunden. Die drei alten Männer haben sofort Serge, den Fahrer des Transporters, verdächtigt, das Geld gefunden und an sich genommen zu haben. Sie haben ihn

bedroht und wollten ihr Geld zurück. Aber Serge hatte keine Ahnung, wovon die Männer gesprochen haben, er hatte das Geld ja nicht! Also hat er die drei einfach stehen gelassen und ist weggegangen. Da sind von Stolz und seine Freunde richtig wütend geworden. Sie haben in der Nacht zwei Takhis vom Gelände gescheucht und Serge am nächsten Morgen gesagt, dass das jetzt nur ein Warnschuss war. Er sollte ihnen endlich ihr Eigentum wiedergeben, oder es würden noch schlimmere Dinge passieren! Und so war es dann auch: Der Sohn von einem der Männer und sein Cousin haben nämlich dabei geholfen, Serge unter Druck zu setzen. Sie haben ihm telefonisch gedroht, das gesamte Wildpferdprojekt kaputt zu machen, wenn er die Ware nicht herausgibt. Serge hat sich nicht gemeldet, also haben die zwei Männer gefährliche Anschläge auf das Takhi-Tal verübt. Als besonders drastische Maßnahme haben sie dann sogar das Fohlen entführt! Von Stolz behauptet, dass er nicht gewusst habe, was die beiden alles anstellten und wie gefährlich es ist. Aber ich glaube, ehrlich gesagt, dass es ihm total egal war. Er wollte einfach um jeden Preis sein Geld zurück. Das ist jetzt übrigens der absolute Knaller: Das Geld und Gold, das die drei Männer aus der Schweiz geschmuggelt haben, war tatsächlich ihr eigenes! Sie hatten das Geld jahrelang in der Schweiz auf geheime Konten eingezahlt, damit sie darauf in Deutschland keine Steuern zahlen mussten. Vor Kurzem ist aber ein neues Gesetz verkündet worden. Darin verpflichten sich die Schweizer Banken dazu, bald alle Konten von deutschen Kunden an die Steuerbehörden in Deutschland zu melden. Dann werden die Finanzämter sich ansehen, wie viel Geld darauf ist, und Steuern nachfordern. Das wollten die alten Männer aber nicht. Also haben sie schnell

das Geld abgehoben und die illegalen Goldbarren aus dem Schließfach geholt und haben sich den ›Rückschmuggelplan‹ im Pferdetransporter ausgedacht … Ziemlich dreist, oder?!
Doc Vic hat gesagt, dass ihr Vater und seine Freunde miese Steuerhinterzieher sind, die total unsozial sind und die Gesellschaft um Geld betrügen, das dringend in den Steuertopf gehören würde. Die Steuern werden nämlich gesammelt und auch dazu verwendet, um Schulen, Krankenhäuser, Kinderheime und solche Sachen zu bezahlen. So gesehen ist Doc Vics Vater also wahrscheinlich schuld daran, dass die Turnhalle von unserer Schule gesperrt ist, weil das Dach kaputt ist und unsere Rektorin kein Geld für eine neue Halle bekommt, weil im Steuertopf nicht genug drin ist. Für mich ist es zwar okay, dass der Sportunterricht nach den Ferien ausfällt, aber es gibt ja Leute, die Sport mögen und darunter leiden, dass sie nicht mehr Fußball spielen können. Und das alles bloß, weil drei alte Herren ihre Steuern nicht zahlen wollen!!! Das gehört jetzt nicht unbedingt hierher, aber es musste trotzdem mal gesagt werden!
Herr von Stolz und seine Freunde sind also Betrüger, und ich finde, es geschieht ihnen recht, dass sie nun selbst betrogen wurden. Ihr Geld, das sie zurückschmuggeln wollten, ist nämlich weg. Spurlos verschwunden! Sie haben den Innenraum des Transporters komplett auf den Kopf gestellt. Aber es blieb dabei: Das Päckchen war nicht mehr da! Auch Franzi, Marie und ich hatten noch mal nachgesehen, mit dem gleichen Ergebnis – es war nicht zu finden.
Womöglich hat Serge doch das Geld genommen und er ist ein verdammt guter Schauspieler, der eiskalt sein Ding durchzieht?! Wir werden ihn in den nächsten Tagen im Auge behalten!!

Geheimes Tagebuch von Kim Jülich
Montag, 17:30 Uhr

Ja, die Welt ist scheinbar voll von Betrügern. Und DU gehörst dazu!!! DU liest gerade einen geheimen Tagebucheintrag. Irgendwann fliegt jeder Betrüger mal auf und bekommt seine Strafe. Denk dran!

Also, ich glaube, ich rufe Michi nachher doch an. Ich war am Samstag einfach nicht sehr entspannt und habe vielleicht doch etwas zu stark reagiert. Na ja, andererseits ist Michi auch nicht gerade zimperlich mit mir umgegangen … Verdammt noch mal, ist das alles kompliziert!! Ich muss jetzt erst mal lockerlassen. Dann werde ich schon die richtige Entscheidung treffen. Aber jetzt fange ich mit der Reportage über das Takhi-Tal an.

Eine echte Spürnase

Als Franzi in Tinkas Box kam, saß Polly wieder auf dem Strohballen neben der Abtrennung und pickte auf der Holzverkleidung herum. »Kommst du eigentlich überhaupt noch an die Sonne?«, fragte Franzi und grinste. Dann riss sie die Augen auf. Polly hatte plötzlich das Ende einer langen roten Schnur im Schnabel und zog aus Leibeskräften daran. Das andere Ende der Schnur befand sich irgendwo in der Holzverkleidung der Boxenabtrennung. Franzi trat näher. Das Huhn schlug mit den Flügeln, und Fetzen von Papier und Plastik wurden durch die Luft gewirbelt. Franzi runzelte die Stirn. Sie hob Polly, die immer noch die Schnur im Schnabel hatte, sanft ein Stück zur Seite und sah sich die Holzlatten genauer an. Es gab einen Hohlraum! Und darin steckte etwas! Franzi zog Polly das dünne Seil aus dem Schnabel. »Entschuldige bitte, aber das schaffst du sowieso nicht alleine«, murmelte sie. Sie wickelte sich die Schnur mehrmals um die Hand und zog fest an. Nichts tat sich. Franzi nahm die zweite Hand zu Hilfe und lehnte sich voll nach hinten. Jetzt raschelte es plötzlich und der Gegenstand, der in der Holzverkleidung steckte, kam langsam weiter nach oben. Es war ein sehr schweres, in Papier und Plastikfolie eingewickeltes Päckchen. Eine Seite der Verpackung war von Pollys Pickangriffen vollkommen durchlöchert und durch die Löcher schimmerte – Gold! Franzi riss das restliche Papier weg. Ihr blieb fast das Herz stehen: Vor ihr lagen etliche Bündel mit Euroscheinen und mehrere Goldbarren!

Polly gackerte aufgeregt und versuchte, die Schnur zurückzuerobern. Franzi wickelte sie von dem Päckchen ab und legte sie Polly hin. »Hier, die gehört dir!«, sagte sie. »Aber den Rest muss ich dir leider abnehmen.« Sie schüttelte fassungslos den Kopf. Polly hatte tatsächlich die Schmuggelware der drei alten Herren entdeckt!
Franzi schnappte sich einen leeren Futtersack und ließ die Barren und die Geldbündel hineinfallen. Dann schwang sie sich das Bündel über die Schulter und rannte los.
Drei Minuten später starrten Kim und Marie ungläubig auf das Geld und die Goldbarren, die Franzi auf das Tischchen in ihrer Jurte gelegt hatte. »Wo hast du das her?«, fragte Kim tonlos.
»Das Päckchen war in der Trennwand zwischen Ajunas und Tinkas Box versteckt«, erklärte Franzi. »Polly hat es gefunden!«
»Polly?!« Marie blinzelte ungläubig über den Rand ihrer Sonnenbrille.
Franzi nickte. »Sie liebt Schnüre. Und das Päckchen war mit einer roten Kordel umwickelt, die irgendwo rausgeschaut haben muss.« Sie seufzte. »So ein Mist! Ich hätte das Geld schon viel eher entdecken können, wenn ich nachgesehen hätte. Polly pickt schon seit drei Tagen wie wild darauf herum.«
»Ach komm, so was kann doch keiner ahnen«, beruhigte sie Marie. »Es ist doch ein Wunder, dass das Schmuggelzeug überhaupt wieder aufgetaucht ist.«
»Wer hat es dort versteckt?«, fragte Kim nachdenklich.
»Da habe ich schon einen Verdacht«, sagte Franzi sofort. »Lasst uns Paul fragen!«

Marie zog die Augenbrauen hoch. »Paul? Wie soll der denn an das Päckchen herangekommen sein?«
»Das soll er uns mal selbst erzählen«, sagte Franzi. »Kommt!«
Paul saß auf den Stufen vor dem Haupthaus und tippte auf seinem Laptop. Er sah kurz auf und grüßte knapp, als er die drei Mädchen sah. Dann tippte er weiter.
»Wir müssten mal kurz mit dir sprechen«, sagte Kim.
Paul sah unwillig auf. »Ich habe gerade zu tun.«
»Prüfst du wieder die Goldkurse?«, fragte Franzi leise. Sie setzte sich neben Paul auf die Treppe. »Weil du wissen möchtest, wie viel das alles hier wert ist?« Sie krempelte die Öffnung des Futtersacks herunter und ließ Paul hineinsehen.
Der Junge wurde schlagartig blass. »Ich habe damit nichts zu tun!«, rief er. »Jedenfalls nicht so viel ... oh Mann!« Paul verbarg den Kopf in seinen Armen.
Franzi klopfte ihm auf die Schulter. »Erzähl uns einfach, was passiert ist. Wir helfen dir!«
Paul hob den Kopf. Tränen schimmerten in seinen Augen. Er schniefte: »Ich hab gar nicht richtig nachgedacht. Ich hab es einfach genommen!«
Kim gab dem Jungen ein Taschentuch. »Wann hast du das Päckchen genommen? Wo war das?«
Paul wischte sich die Tränen aus dem Gesicht und putzte sich die Nase. Dann erzählte er: »Serge und ich waren gerade bei dem Reservat in der Schweiz angekommen, von dem wir Temudschin abholen sollten. Serge musste noch was mit dem Projektleiter besprechen und ist weggegangen. Ich hab im Fahrerhaus gewartet und mir die Steuerung der Video-

überwachung vom Laderaum angesehen.« Er schluckte. »Irgendwie habe ich den Monitor eingeschaltet – und da habe ich auf einmal gesehen, dass jemand in den Laderaum reingeklettert ist und irgendwas hinter die Verkleidung schiebt.« Paul knüllte das Taschentuch zusammen. »Als der Typ weg war, habe ich sofort hinten nachgesehen. Ich dachte, da hat jemand vielleicht eine Bombe versteckt oder so. Aber dann habe ich das Päckchen aufgemacht und …« Paul zuckte mit den Schultern. »So viel Geld und Gold! Dafür kann Mama hunderte von Wildpferden anschaffen und überhaupt das ganze Takhi-Tal retten!«
Franzi nickte. »Also hast du alles in deinen Rucksack gestopft und hast Serge gegenüber so getan, als wäre nichts?«
Paul nickte. »Und dann habe ich das Päckchen bei Ajuna versteckt. Ich wollte es Mama später geben. Aber dann …« Wieder füllten sich Pauls Augen mit Tränen. »Dann habe ich mitgekriegt, wie Opa und seine beiden Kumpel mit Serge gesprochen haben. Sie haben ihn angeschrien! Und sie haben gesagt, dass er ihnen ihr Geld zurückgeben soll.« Paul schniefte. »Als Serge dann so plötzlich verschwunden ist, habe ich mir totale Sorgen gemacht. Ich habe ihn überall gesucht.« Paul wischte sich wieder über die Augen. »Ich bin sogar heimlich bei meinem Opa in den Keller gestiegen, weil ich Angst hatte, dass er Serge entführt hat und gefangen hält.«
Franzi legte einen Arm um den Jungen und schluckte schwer. Die ganze Sache musste für Paul wirklich schlimm sein!
»Mein Opa hat das Geld im Transporter versteckt«, brachte Paul mühsam hervor. »Ich versteh das nicht. Warum macht

er so was? Wo hat er das Geld her? Warum hat er es versteckt?!«
Franzi schluckte. Der Junge sah sie mit geröteten Augen an. »Das war alles total bescheuert von mir! Ich hätte das Geld sowieso nie so einfach meiner Mutter geben können. Sie hätte doch gefragt, wo ich es herhabe. Außerdem hätte das Opa mitgekriegt.« Paul schlug mit der flachen Hand auf den Laptop. »Ich habe sogar überlegt, ob ich ihm das Päckchen einfach nachts vor das Haus legen soll. Aber das habe ich mich auch nicht getraut.« Er starrte auf den Boden. »Wenn das rauskommt, was ich gemacht habe, killt mich meine Mutter. Und mein Opa. Und seine Freunde, und Serge wird …«
»Stopp!«, rief Franzi. »Hör auf! Klar, es war mehr als ungeschickt von dir, das Päckchen einfach einzustecken. Du hättest Serge sofort Bescheid geben müssen und dann wärt ihr zur Polizei gegangen. Die hätte sich um die Sache gekümmert und du hättest den ganzen Schlamassel nicht gehabt. Aber was passiert ist, ist passiert.« Sie sah Paul eindringlich an. »Ich fände es wichtig, dass du jetzt deiner Mutter alles erzählst.« Sie tippte auf den Futtersack. »Und ihr das, was da drin ist, gibst.«
Kim nickte. »Doc Vic soll entscheiden, was zu tun ist.«
»Übrigens ist ihr Vater vorhin gekommen«, sagte Marie. »Ich glaube, die beiden sitzen in ihrem Büro und sprechen sich gerade weiter aus.«
Sie räusperte sich. »Paul. Vielleicht wäre es jetzt eine gute Gelegenheit, zu deiner Mutter zu gehen?«
Der Junge schüttelte langsam den Kopf. »Ich weiß nicht.« Er

biss sich auf die Lippe. Nach ein paar Sekunden des Schweigens nickte er schließlich. »Okay. Aber nur, wenn ihr mitkommt!«
Franzi lächelte Paul an. »Das machen wir!«

Zwei Stunden später saßen die drei !!! auf dem Koppelzaun und sahen zu, wie Tinka und die anderen Ponys ruhig in der Abendsonne grasten. Polly nahm in der Nähe ein ausgiebiges Sandbad.
»Ich habe schon befürchtet, dass Herr von Stolz gleich einen Herzinfarkt kriegt, als Paul erzählt hat, dass er das Päckchen genommen hat.« Franzi schüttelte den Kopf.
Marie schob ihre Sonnenbrille hoch. »Allerdings! Aber Doc Vic war auch verdammt fertig.«
»Das kann man ja auch gut verstehen«, sagte Kim. »Zuerst stellt sich heraus, dass ihr Vater ein Steuerhinterzieher und fieser Saboteur ist, und dann erzählt ihr ihr Sohn, dass er mal eben so ein Päckchen mit fast einer Million Euro und Goldbarren mitgenommen und versteckt hat. So etwas haut doch die stärkste Frau um.«
Franzi seufzte. »Ich bin froh, dass sie Paul einfach in den Arm genommen hat und gesagt hat, dass sie jetzt ganz von vorne anfangen!«, sagte sie.
Marie nickte. »Das fand ich auch toll! Aber ob sie ihrem Vater auch eines Tages verzeihen wird?«
»Da bin ich mir nicht so sicher«, sagte Franzi. »Die beiden scheinen sich ja schon länger nicht sehr gut zu verstehen.«
»Immerhin hat sie keine Anzeige wegen der Sabotageakte gemacht«, warf Marie ein.

»Er hat gesagt, dass er das Geld von dem Schweizer Bankkonto ordentlich versteuern will. Und dass er das, was übrig bleibt, dem Takhi-Projekt spenden wird«, ergänzte Marie.
Kim schnaubte. »Mal sehen, wie viel da überhaupt übrig bleibt. Er muss ja noch eine Steuerstrafe zahlen!«
Franzi runzelte die Stirn. »Doc Vic ist auf das Geld von ihrem Vater sowieso nicht angewiesen. Tom hat mir heute Morgen erzählt, dass die Leute von der Bank total begeistert von ihrem Vortrag waren und eine Patenschaft für das Takhi-Tal übernehmen werden.«
»Das ist doch super«, sagte Kim. »Jedenfalls hoffe ich, dass Doc Vic und ihr Vater eines Tages doch wieder miteinander klarkommen!«
Polly kam freudig gackernd auf die Mädchen zugehinkt. Sie hatte ein Stück roter Schnur im Schnabel, das sie fallen ließ und gleich wieder aufpickte.
Franzi musste lachen. »Polly, du bist eine Heldin! Weißt du das?«
»Eine echte Spürnase!«, fügte Marie hinzu.
»Eine tolle Detektivin!«, sagte Kim.
Polly legte den Kopf schief und schien zu nicken.
Die drei !!! prusteten los. Sie fassten sich fest an den Händen, legten die Köpfe in den Nacken und lachten befreit in den goldenen Abendhimmel.
Franzi fühlte eine warme Glückswelle durch den Körper rollen. Es war so gut, zwei solche tollen Freundinnen wie Kim und Marie zu haben!

LESEPROBE

Henriette Wich: Mission Pferdeshow

»Stopp!«, rief Franzi. »Das ist Diebstahl!«
Die Täterin zeigte keinerlei Reue. Sie legte weder ein umfassendes Geständnis ab noch dachte sie daran, die gestohlene Beute zurückzugeben. Eisern hielt sie das Diebesgut zwischen Ober- und Unterkiefer fest und fing jetzt auch noch an, es mit ihren riesigen Zähnen zu zermalmen.
Franzi stöhnte. »Tinka, du bist unmöglich! Schmeckt dir mein Haargummi wirklich so gut?«
Das schwarze Pony drehte seinen Kopf herum und wieherte übermütig.
Franzi musste lachen. »Ich geb's auf. Du bist einfach zu clever für mich.« Sie nahm die Zügel wieder auf und schnalzte mit der Zunge.
Tinka spuckte das klitschnasse Haargummi in hohem Bogen in die Wiese. Anschließend trabte sie los. Franzi ritt auf ein Backsteingebäude zu, das früher einmal ein Bauernhaus gewesen war. An der Hausmauer streckte der Efeu seine Triebe den Sonnenstrahlen entgegen.
»Brrr!«, machte Franzi. Sie brachte ihr Pony im Hof zum Stehen und sprang mit einem Satz auf den knirschenden Kies.

Dann nahm Franzi Tinka Sattel und Zaumzeug ab, rieb ihr Pony schnell trocken und brachte es auf die Weide.
»Bis später, Süße!«, flüsterte sie Tinka ins Ohr und sprintete hinüber zum Wohnhaus, um ihre Reitklamotten gegen Jeans und ein ärmelloses, gelbes Top auszutauschen. Danach rannte sie zum alten Pferdeschuppen.
Kim, Franzi und Marie hatten den alten Schuppen entrümpelt und liebevoll als das geheimes Hauptquartier der drei !!! hergerichtet.
Gestern hatte sie auf dem Flohmarkt eine apfelgrüne Tischdecke gekauft. Die breitete sie jetzt aus und deckte den Tisch. Zufrieden betrachtete Franzi ihr Werk, als es klopfte und Frau Winkler mit einer Kuchenplatte hereinkam. »Ich hab Pflaumenkuchen für euch gebacken.«
»Danke, Mama!« rief Franzi.
Franzi warf einen Blick auf die Wanduhr. Kim und Marie mussten jeden Augenblick kommen. Da klingelte ihr Handy.
»Ja, hallo? Was gibt's?«, rief Franzi ins Telefon.
Eine fremde und doch seltsam vertraute Stimme meldete sich: »Hi, Franzi! Wie geht's?«
Franzi brauchte ein paar Sekunden, bis sie die Anruferin erkannte. »Fiona? Fiona Röhn??«
Vergnügtes Kichern am anderen Ende. »Stimmt genau, so heiße ich. Stell dir vor, ich bin gerade in der Stadt.«
Franzi ließ sich auf einen Stuhl plumpsen. Sofort erinnerte sie sich lebhaft an einen besonders aufreibenden Fall. Sie würde nie die Panik vergessen, als ihr geliebtes Pony Tinka plötzlich verschwunden war.
»Was machst du denn hier?«, fragte Franzi. »Ich dachte, dei-

ne Eltern haben den *Ponyhof Hufeisen* verkauft. Ihr lebt doch jetzt in Hamburg, oder?«

»Dort haben wir unseren festen Wohnsitz, ja«, bestätigte Fiona. »Aber wir kommen viel herum. Meine Eltern haben einen neuen Job. Sie sind …«

Den Rest des Satzes bekam Franzi nicht mehr mit, weil Kim und Marie lautstark das Hauptquartier betraten.

»Hallihallo!«, trällerte Marie.

»Hallo, Franzi! Ich bin total ausgehungert.« Kim zeigte auf die Kuchenplatte.

»Pssst!«, machte Franzi vorwurfsvoll. »Ich telefoniere.« Sie drehte sich mit ihrem Stuhl zur Wand. »Tut mir leid, ich wurde gerade gestört. Was machen deine Eltern jetzt?«

»Sie gehören zum festen Ensemble einer Pferdshow«, erzählte Fiona. »Unsere Truppe tourt jedes Jahr durch …«

»Wir hatten doch vereinbart, dass wir während der Clubsitzungen nicht telefonieren, simsen oder im Internet surfen«, erinnerte Kim an die gemeinsame Vereinbarung, die sie vor allem wegen der handysüchtigen Marie getroffen hatten.

»Du nervst!«, stöhnte Franzi. »Nein … nicht du, Fiona! Kim bringt mich gerade zum Wahnsinn. Hab ich richtig gehört? Ihr macht bei einer Pferdeshow mit? Das ist ja super! Tretet ihr auch in unserer Stadt auf?«

»Ja, an zwei Abenden«, sagte Fiona. »Und zwar schon ganz bald. Hast du Lust, als Statistin bei den Shows mitzumachen?«